「私たち、これでひとつになれたのですか……？」
「そうだ、苦しくはないか？」
隘路の中で暴れる感覚に堪えていると、
道綱もなにかに堪えるように息を凝らしていた。

藤花に濡れそぼつ

巫女の忍ぶ恋　貴公子の燃ゆる想い

沢城利穂

プリエール文庫

本作品はフィクションです。
実在の人物・団体・事件などには一切関係ありません。

藤花に濡れそぼつ

巫女の忍ぶ恋　貴公子の燃ゆる想い

CONTENTS

イラスト／DUO BRAND.

序章　出会いは風の如く

御神域とされている南都の山々に囲まれた名もなき村。

その村の入り口にある山の麓《ふもと》で伸び放題の黒髪で赤い着物を着たあづさはその場にしゃがみ込み、地面に横たわる狐《きつね》の亡骸《なきがら》と向かい合っていた。

「だめよ、狐さん。そんなにあなたを殺した子供たちを恨んではだめ。それ以上恨んだら物《もの》の怪《け》になってしまうわ」

遊び半分の投石で殺されたのだろう。いたるところに傷があり、ぴくりとも動かない亡骸に向かって、あづさは必死になって訴えた。

「私から謝るわ、本当にごめんなさい。大丈夫、このままこっそり埋葬するから。だから人を恨んで物の怪になるのだけはやめて」

老いた狐にあづさはしっかりと頷《うなず》き、ぼろぼろになった亡骸をそっと撫でては毛並みを整えてやり、いたわるように腕の中へ抱き込む。

「本当よ、私を信じて。物の怪になったら恨みだけに支配されて、自分が自分でなくなってしまうもの。そんなのいやでしょう？　だから……」

「あー！　あづさが獲物を横取りしようとしてるぞ！」

「大人に食べさせてもらってるみなしごのくせに！」

もう少しで狐を説得できそうだったのに、村の中でもやんちゃで通っている同年代の子供が三人やって来て、狐の亡骸を大切そうに抱きしめるあづさを取り囲んだ。

両親が亡くなりみなしごとなってからは、村のつまはじき者だと言われるのはもう慣れてはいたが、それでも幼心に傷つきながらも、子供たちを強く睨《にら》む事で威嚇《いかく》した。

「この泥棒！　俺たちが仕留めた獲物だぞ、早く返せ！」

「いや。この狐さんは話が通じるもの。もしもこれ以上の事をしたら物の怪になって村に災《わざわ》いが起きるわ」

あづさが真剣な眼差《まなざ》しで言い募ると子供たちは一瞬怯《ひる》んだが、すぐさま気味悪そうに顔を歪ませて蔑《さげす》みの目で睨んでくる。

「またあづさのほら吹きが始まった」

「物の怪になるなんて脅しても無駄だからな！」

「でも母ちゃんがあづさは鬼の子だから、恐い物が見えるって言ってたぞ」

「わ、私は鬼の子なんかじゃない！　父様と母様から生まれた普通の人間よ！」

果敢《かかん》に立ち向かいながら、あづさは狐の亡骸をぎゅっと抱きしめた。

今は亡き母は田畑の収穫の吉凶を占い全国各地をまわっていた、美しい歩き巫女だった。しかしこの村で農夫をしていた父と出会い、この地に落ち着く事を決めて、それから数年後にあづさを産んだと言っていた。

あづさという名は梓《あずさ》の木の花が咲く頃に生まれ、母が歩き巫女をしていた時にご神託を頂戴《ちょうだい》する梓弓《あずさゆみ》からもらったと、両親から教えてもらったのを今でも覚えている。

残念ながら両親は流行病《はやりやまい》で次々と亡くなってしまい、それ以来村の農作業を手伝い、なんとか食べさせてもらっているが――。

母は霊力のある歩き巫女だったが鬼ではないし、もちろんあづさも鬼の子ではない。

物の怪が見えたり死者と話ができたりするが、それは歩き巫女をしていた母の偉大な能力を受け継いだだけで、それ以外は普通の女の子だ。

それなのに村のやんちゃな子供たちはあづさを気味悪がって、事あるごとにいじめる。

今も着物が汚れるのも厭《いと》わずに狐の亡骸を抱きしめるあづさを、いじめるのが楽しくて仕方がないといった様子だった。

「いいからその狐をよこせ！　これから皮を剥《は》いで売り物にするんだから」

「こんなにたくさん傷つけたのに、皮が売り物になる訳ないわ。ただおもしろがって殺したくせに！　この狐さんは私が葬《ほうむ》るからこっちへ来ないで」

「あづさのくせに生意気だぞ！」

「いじめてやれ！」

子供たちはいっせいに、小石や小枝を投げつけてきた。

本気の力ではないとはいえそれらが当たるとても痛かったが、あづさは狐の亡骸を守るように身を縮めて暴力に耐えた。

下手に口出しをしたら子供たちは余計にあづさをいじめるに違いなく、ただ酷い仕打ちを必死で堪《こら》えて、皆が飽きるのを待っていたのだが——。

「おい、そこの子供たち。男が三人がかりで女をいじめるとは何事だ。事と次第によっては子供といえど罪を問うぞ」

馬が数頭駆けつけてくるひづめの音が聞こえたかと思うと、とても甘くて低い男性の声が聞こえ、縮こまっていたあづさは恐る恐る見上げた。

するとそこにはとても美しい金糸の織りが入った滅紫《めっし》の旅装束を着た凜々《りり》しい公家《くげ》の男性とその従者が二人、馬上から子供たちを見下ろしていた。

「お公家様、俺たちはなにも悪いことなんてしてないです」

「俺たちが仕留めた狐をあづさが横取りしたんです」

子供たちは慌てたように指をさしてきて、あづさは身の潔白を証明するように首を横に振りながら美しい公家の男性を見上げた。

「ち、違います！　横取りなんてしてないわ！　この子たちが食べる訳でも皮を剥ぐ訳でもないのに、石を投げつけられて殺されたってこの狐さんが言ってて、この三人をとても恨んでいるんだもの！　だから、だから私は……！」

それ以上は言葉にならずに涙を浮かべると、公家の男性は何度か頷き、馬上から降りてこちらへ近づいてきた。

ほらを吹いていると言われるのかと思い身を固くしていたが、公家の男性はあづさの目線まで腰を折っただけだった。

星空にも似た藍色がかった瞳に凝視《みつ》められて思わずたじろいでしまったが、公家の男性もまた真実を見極めるように、あづさの紅がかった茶色の瞳を凝視めていた。

「死んだ狐と話せるのか。あづさとやら、その狐が物の怪になるというのか？」

「は、はぃ……物の怪になって村に災いをもたらすと狐さんが言ってました。だから私は狐さんに物の怪にならないようにお願いしてたんです」

素直にすべてを話すと、公家の男性はおもむろにあづさの頭を撫でてきた。

村人に頭を叩かれる事はあっても撫でられるのは久しぶりだし、なによりみすぼらしい格好の自分を公家の男性が撫でてくれるとは思わなくて、溢《あふ》れていた涙が引っ込んだ。

それと同時に小さな胸がどきどきして、耳まで真っ赤になってしまった。

そんなあづさに微笑んだ公家の男性は、顔を厳しく引きしめて子供たちを振り返る。

「この場はこの藤原道綱《ふじわらのみちつな》が預かろう。おまえたちはこの場から直《ただ》ちに去れ」

「さぁ、道綱様が仰《おっしゃ》っている。さっさとこの場から去れ」

「これからもこの娘に手を出さぬようにな」

子供たちは不満げながらも従者が追いやるように立ちはだかって手を払うと、村へと走って逃げていった。

その事にほっとしたあづさは、藤原道綱と名乗った公家の男性を改めて見上げた。

歳の頃は二十歳前といったところだろうか。逞《たくま》しくも凛々しい顔立ちをしている道綱を、あづさは頬を赤らめながらも凝視めた。

旅装束を着ているところを見ると、京の都へ帰る途中なのだろうか？

「祖先の御霊《みたま》を祀《まつ》りに春日大社《かすがたいしゃ》へ参ってきたところだが、まさか馬を休める為に寄った村でこんなに可憐《かれん》な逸材に出会うとは幸先《さいさき》がいい」

「……可憐な逸材？」

可憐と言うにはみすぼらしい格好をしているあづさは、道綱に微笑まれて急に恥ずかしくなり、狐の亡骸をぎゅっと抱きしめ直した。

「あづさ、おまえは巫女の修行でもしているのか？」

「私は徒人《ただひと》です。でも母がとても能力のある歩き巫女でした」

「なるほどな、両親は健在か？」

「いいえ、三年前の流行病で亡くなりました……」

両親が次々と亡くなった時の事を思い出して少し沈んだ声で答えると、道綱はまたあづさの頭を撫でてくる。

慰めようとしているのか、道綱に頭を撫でられると胸の高鳴りを止められない。

頬を火照《ほて》らせて見上げると優しく微笑まれて、胸がさらにどきどきとした。

親を亡くしてもこんなに優しくしてくれる人がまだいる事がとても嬉しくて、あづさも僅《わず》かに微笑み返すと、道綱は少し考える素振りをしてからあづさに手を差し伸べてきた。

「俺と一緒に京の都へ来るか？」

「え……」

「京へ来るのなら、あづさの能力を活かせる職に就けてやる事ができる」

道綱の誘いはとても魅力的で、その手を取りたい気持ちは充分にあった。

しかしどんなにつまはじきにされてはいても、村の人々に食べさせてもらっていた恩を返さないまま立ち去る事はあづさにはできなかった。

「道綱様のお誘いはとても嬉しいです。でも村の人に恩を返すまではこの村を立ち去る事はできません。それに今の私では道綱様のお世話になる事しかできないわ」

「別にあづさを養うくらいどうって事はない」

「いいえ、だめです。助けてくださった道綱様のお役に立てるようになりたいんです。だからもうしばらく、独り立ちができる歳になるまでこの村で生きていきます」

幼い子供が生意気な事を言っていると思われてしまっただろうか？

しかし京の都へ誘ってくれた道綱の気持ちだけでも、本当に嬉しかった。

だから世話になって生きていくのではなく、道綱の役に立てるくらい今以上に能力を磨《みが》いて、再会したいと心から思った。

「そうか……ならば、村を出る決心がついたら、これを持って俺の屋敷を訪ねてこい。これを見せて道綱に呼ばれて来たのだと言えば通してもらえるだろう」

言いながら道綱は腰に差していた刀を操って鍔《つば》を抜き取り、それをあづさに手渡した。

見ればそれは金箔で藤原氏の家紋でもある下がり藤が浮き彫りにされている刀の鍔で、とても高価な代物《しろもの》だという事が幼心にもわかった。

それに藤原の氏《うじ》を持つとはたいそう位の高い公家だとも村育ちのあづさでもわかり、自分がとんでもなく偉い人に助けてもらった事を知り、今さらになって慌てて頭を下げた。

「本当にどうもありがとうございます。自分でも納得できるくらい能力を磨いて、道綱様のお役に立てる時が来たら、必ずお礼をしにお屋敷へ参ります」

「礼には及ばない。それよりその狐の御霊を慰めて葬ろうじゃないか」

そう言って道綱はあづさを伴《ともな》って山の麓の適当な茂みを見つけると、従者たちに指示を出して穴を掘らせた。

「さぁ、ここへ狐を埋葬してやろう」

「はい……」

狐の亡骸を穴の中へ安置して土を盛って埋葬してやり、近くに咲いていた花を捧げた。これで無念のうちに亡くなった狐も安らかに眠れるだろうと思うとほっとして、あづさはようやく本当の笑顔を見せた。

「道綱様、どうもありがとうございます。これで狐さんも物の怪にならずに済みます」

にっこりと微笑むあづさの頭を、道綱は優しく撫でてくれる。

両親を亡くして以来、こんなふうに優しくされた記憶のないあづさは、それだけでなんだか心が浮き立つような気分になった。

同時に初対面のとても位が高い人に、こんなにも優しくされるとは思ってもみなくて、なんだか少し照れてしまった。

「道綱様……」

思わず頬を赤らめたが、そんなあづさを知ってか知らずか、道綱はあづさの紅がかった瞳を凝視めてくる。

「ところでこの狐を式神《しきがみ》にしてみたらどうだ？　あづさもこの村で生きていくのに独りでは寂しいだろう。式神がいれば少しは慰めにもなる」

とは提案されたものの式神にする方法などまったく知らないあづさは、ただでさえ大きな瞳を瞬かせた。

母はあづさにも異能がある事を知ってはいたが、普通の女の子として育てたかったらしく、それらしい術や梓弓でのご神託を頂戴する方法も教えてくれなかった。

母も白鷺《しらさぎ》の『さやか』という式神を持っていて羨《うらや》ましく思った時期もあったが、式神を持つ方法すらわからない。

それなのに式神にしてみろと言われてもどうすればいいのかわからずに、あづさは戸惑いながらも道綱を見上げた。

「道綱様、私は狐さんを式神にする方法など知りません」

「簡単な事だ。これだけこの狐を思っているのだから、狐にもあづさの思いは伝わっている。だからあづさが名を与えれば、狐もそれに応えて式神になる事を了承するだろう」

ただ名を与えるだけでいいとは思わなかったが、道綱に促されるままあづさはしばらくの間狐につける名を考えた。

「決まったたか？」

「はい、この狐さんには『狐斗《こと》』という名をつけたいと思います。狐にお星様の中のひとつ星の斗という字です」

「うん、いい名だ。おい、名もなき狐。今からおまえは『狐斗』だ。その名の許、あづさの式神として働くか否か？」

道綱が狐の亡骸が埋まった土の上に手を翳《かざ》して凛とした声で訊《き》くと、狐が埋葬されている盛り土が青白い光に包まれた。

そしてその光が大人の男性ほどの大きさまで伸びたかと思うと光はやがて収束し、目の前に二十歳くらいの青年が姿を顕《あらわ》した。

しかしその青年には白銀の狐の耳があり、ふさふさで二叉《ふたまた》に分かれている尻尾がある。

長い髪も銀髪で、瞳にいたってはまるで空を切り取ったような蒼色だ。

そして衣服から剥《む》き出しの腕や顔には赤い入れ墨のような文様が浮かんでいて、徒人ではないことが窺《うかが》えた。

「承知した。俺を救ってくれたあづさの式神として働く事を誓う」

老いた狐だと思っていたのに、とても若々しい姿で顕現《けんげん》した狐斗をただただ凝視め、あづさは言葉をなくした。

そんなあづさに気づいた道綱は、苦笑を浮かべつつ頭を撫でてきた。

「そんなに驚く事もないだろう。これだけの老狐だからそれなりの霊力を持っているとは思ったが、二叉の尻尾を持っていたとは。いい式神がついて良かったな」

「あづさ、俺の名を呼んでくれ」

「……こ、狐斗？」

おっかなびっくりながらも名を呼ぶと狐斗は二叉の尻尾を振り、目を細めてあづさを蒼い瞳で凝視める。

「あづさのおかげで物の怪にならずに済んだ。礼はこれから返していく」

そう言ったかと思うと狐斗はまた青白い光に包まれ、今度はあづさを乗せられるくらいの大きな白狐の姿に変化した。

母の式神だった『さやか』も白鷺の姿や人型を取っていたので、その変化《へんげ》には驚かなかったが、狐の姿に戻った狐斗に身体を擦り寄せられるのがくすぐったくて、あづさはくすくす笑いながらも狐斗を抱きしめた。

「くすぐったいわ、狐斗。今日からよろしくね」

「あぁ、あづさは俺が守っていく」

式神でも唯一の友達ができたのが嬉しくて、狐斗を抱きしめながら道綱を見上げた。

「こんなに頼もしい式神をつけてくださって、本当にどうもありがとうございます」

「身を挺《てい》して狐斗を守り抜いたあづさの功績だ。俺はほんの少し手助けをしたまで」

謙遜《けんそん》して言っているが、あづさには道綱が相当な能力者である事がわかった。

「早く独り立ちして京の都へ来い。あづさくらい能力のある人間はいくらいてもいいくらいだ。あづさならそれなりの職に就けるだろう」

「はい、必ず！」

異能のせいで村人には気味悪がられているが、その能力が京の都では活かせるとわかっただけでも世界が一気に広がった気がした。

「それにただでさえ可愛らしい顔立ちをしているからな。将来はきっと美人になる」

「そ、そんな……」

「そうなればこのような名もない村に収まっているのはもったいなさすぎる」

蔑まれる事はあっても可愛らしいと言われるのは初めての事で戸惑ってしまったが、道綱は真っ赤になるあづさにふと優しく微笑みかけてくる。

「照れる事はない。本当の事を言ったまでだ。俺が言うんだ、自信を持て」

「は、はぃ……」

自分の顔など気にした事のないあづさは、やはり戸惑う事しかできなかった。

それでもなんとか返事をして見上げるとまた優しく頭を撫でられて、あづさは今度こそにっこりと微笑んだ。

「道綱様、陽が暮れます。馬も休めましたし、そろそろ戻りましょう」

「あぁ、そうだな。ではいつか京の都で会おう、あづさ。それまで息災《そくさい》でな！」

「道綱様もどうかお元気で！」

馬にひらりと跳び乗った道綱はあづさの声に微笑み、あとは振り返りもせずに京の都の方角へ走り去っていった。

それでもあづさは道綱が去っていく姿が見えなくなるまで見送り、手渡された刀の鍔をぎゅっと握りしめた。

(京の都へ行けば私にも居場所があるのかもしれない……)

このまま名もなき村でひっそりと暮らしていくしかないと思っていたが、あづさが自ら望めば可能性は無限にある事を、道綱に教わっただけでもありがたかった。

そのうえこんなに頼もしい式神をつけてもらえた事に感謝して、あづさは狐斗の背を撫でて微笑んだ。

(道綱様……いつか必ず京の都へ行って、道綱様のお役に立てる人間になります!)

心の中で呟きつつあづさは刀の鍔を改めて凝視め、今日の出来事を心に刻みつけた。

最初は村の子供たちにいつものようにいじめられて、家に泣いて帰るだけかと思っていたのに、式神ながらも大切な友達を作ってくれた道綱の存在はとても大きなものとなった。

そして優しく微笑んでくれた美しい道綱を思い浮かべては、新たな世界を教えてもらった事に、どきどきする胸を押さえていたのだが——。

「あづさ、もう少ししたら物の怪の出てくる逢魔《おうま》が時《どき》だ。そろそろ家へ帰ろう」

狐斗に促されて村の外れにある家へ、初めてできた友達と帰る幸せを噛み締めた。

そしてまるであづさの中で爽《さわ》やかな風が吹き抜けたような気分になり、心は早くも京の都へと飛んでいたのだった。

第一章　左近の桜の頃

左近《さこん》の桜も盛りを迎え、風が吹く度《たび》に花びらを散らす見事な様子を、今年で十九歳になるあづさは内裏《だいり》の政務所である紫宸殿《ししんでん》の簀子《すのこ》から眺めていた。

（今年でこの桜を見るのも五度目になるかしら……）

桜の花を見ると宮中に初めて出仕した頃の事が思い出され、あづさはくすっと微笑んだ。

道綱の役に立つ事だけを考え、南都にある名もなき村で村人に恩を返しながら異能を磨く修行を積み、自分でも納得のいく能力を身につけて京の都へ旅立った自分の無謀《むぼう》さを思うと、今でも笑いが込み上げてしまうのだ。

あの頃の自分はただ道綱の許へ行く事しか頭になく、京の都へ辿り着いたはいいが、右も左もわからない状態で活気のある京の町の人々の雰囲気に圧倒されながらも、道綱の住む屋敷をなんとか訊き出して着く事ができたのは、陽も傾き出した頃だった。

想像よりも立派な屋敷を訪ねる勇気がなくて、辺りをうろうろしていたのがよほど不審に見えたのだろう。

勇気を出して従者に刀の鍔を見せて道綱を訪ねてきた事を伝えたのだが、相手にしてもらえずに追い払われそうになっていたところで、運良く道綱が帰宅してきて――。

(あの時の道綱様のお顔ったら……)

今でもすぐに思い浮かべる事ができるくらい、鮮明に覚えている。

あづさの顔をまじまじと凝視め、どこか呆気《あっけ》に取られているような表情をしていて。

「……本当に来たのか？」

「ご、ごめんなさい。真に受けて参りましたが、村へ帰りますっ！」

「待て、そういう意味じゃない。よく来てくれた、歓迎する」

「……本当ですか？」

慌てて引き返そうとするあづさを引き留めた道綱をおずおずと見上げると、しっかりと頷いてくれた。

その事にほっとして道綱に誘われて屋敷へと入ったはいいが、道綱はぽつりと言うのだ。

「まさかこんなに美しく育っていたとは……よくもまぁ、村の男たちに言い寄られずにいられたものだ」

「言い寄られる……？　私はただ道綱様のお役に立つ事だけを考えて修行をしておりまし

たので、いじめっ子だった男たちが用事があると言って来ても、いつも狐斗に追い返してもらってました」

「そうか、ならばいい。さぁ、疲れただろう。こちらへおいで」

そうしてしばらくの間、道綱の屋敷にある下女が住む別殿に住まわせてもらっていたのだが、住まわせてもらっているうちに道綱がとても有能な人物である事がわかってきた。

その頃は位こそ従五位と低かったものの、平安城で執政に携わるほどの立派な武官で、優しい人柄からか位の高い人々にもよく可愛がられているようだった。

特に京の都で随一の陰陽師であり、その名を聞くだけで物の怪が逃げ出すというほどの能力者でもある安倍晴明《あべのせいめい》氏とは特に親交があり、あづさが京の暮らしに慣れてきた頃合いに、道綱はあづさを晴明に紹介してくれた。

それからは晴明の許で修行を積む事となり、翌年の今の時期、晴明の助手として平安城にある陰陽寮へ出仕する事となったのだった。

それからは道綱の顔に土を塗らぬよう晴明の許で精一杯働き、左近の桜を眺めるのも今年で五度目となる。

(あの頃からずいぶんと時が経《た》ったけれど、この桜だけは変わらないわ……)

昔を思い出しつつ桜を眺めては、ほぅっと息をつくあづさは、今やすっかり垢抜《あかぬ》けた娘に成長していた。

首筋で結《ゆ》った長い髪を胸にたらし、緋色《ひいろ》の袴《はかま》も鮮やかな白小袖の巫女装束で背筋を伸ばして桜を凝視めるその姿に、政務所以外で働く武官や内務省の役人、それに研修生も思わず足を止めてしまうほどの美貌だった。

しかし当のあづさは晴明の許で働くのに夢中で、自分が宮中の男たちに熱い視線を送られている事にはまったく気づいていない。

というのも陰陽寮で働いていた頃から晴明に才能を見い出されたのはいいが、その分他の研修生より難題な星読みや様々な術、それに神事や吉凶占いなどをみっちりと仕込まれていたので、他の事など気にしている暇はなかったのだ。

そして今年になって晴明が帝《みかど》の命により、蔵人所《くろうどどころ》陰陽師という蔵人所の役人や医師と共に内裏における怪異を占い、帝に関する行事日時を取り決め、祭祓を行う帝専用の陰陽師を務める事となり、その助手として陰陽寮に勤める研修生の中からあづさも選ばれたのだ。

その時はあまりの大役に驚いたものの、晴明に特に目を掛けられていたこともあり、同じ研修生たちは順当だと言って送り出してくれた。

それになにより道綱が大いに喜んでくれた事が一番嬉しくて、期待に応えるよう一生懸命になって働いているのだった。

蔵人所で働くようになって、執政に関わっている道綱ともさらに近くなれてよく会えるようになった事が嬉しくて、毎日がとても楽しみだった。

しかし二十四歳になった道綱は昔よりも男ぶりが上がり、今や姿絵《すがたえ》が京の町で飛ぶように売れるほどの男前に成長を遂げていた。

凛々しい顔立ちに逞しい体躯《たいく》をした道綱に、公家の女性や町中の女性が熱を上げているのが、あづさは少々おもしろくない。

というのも道綱と懇意《こんい》にしているうちに、いつの間にかあづさは道綱に恋心を抱くようになっていたからだった。

もちろん氏もない平民の出のあづさが、公家の——しかも藤原を名乗る道綱をいくら想っても恋が叶う事はないのは充分にわかっている。

それでも抑えられないほど道綱に恋焦《こ》がれていたが、そんな自分を律していた。

しかし道綱を見かければ目が自然と追ってしまう自分を持て余し、何度も何度も諦めようとしたが、上手くいかなかった。

だからといって、恋にうつつを抜かしている場合ではない事は充分にわかっている。

助手とはいえ蔵人所の陰陽巫女となったからには、能力を研ぎ澄ます為にも常に清くなければいけないからだ。

それでも道綱を想う気持ちを止める事はできない自分の心の弱さに打ちひしがれ、何度陰陽巫女の役目を降りようと思った事か。

しかしそんな事ができる訳もなく常に気を張って自制心を働かせていたが、心が道綱を求めてしまい、そんなふうに抑えきれないからこそ本気の恋なのだとも知った。

とはいえ今の地位まで押し上げてくれた道綱に打ち明けても、困らせるだけだともわかっているし、けっきょく告白する事など夢のまた夢だと達観しているのだが――。

「おもしろくないものはおもしろくないわ」

桃色の口唇を尖らせて呟いたその時、目の前の空間が歪んだかと思うと、白狐の姿の狐斗が姿を顕した。

「ちょっ……狐斗!?　内裏で顕現するのは私が喚《よ》び出す時だけって言ったじゃない。なんで勝手に出てきたのよ」

「おもしろくないと聞こえたから出てきた。俺と遊ぼう」

「きゃっ……！」

子供の頃もそれなりに大きな狐の姿をしていたが、狐斗はあづさの成長に合わせて、その身体を大きく成長させていた。

今も四つ足で立つとあづさの腰の高さほどの大きさで、遊びが大好きな狐斗が前脚でのしかかってくると受け止めきれないほどの重みがあり、あづさは無様《ぶざま》に床へ倒れ込んだ。

すると狐斗はすかさずあづさの柔らかな双つの乳房に前脚をのせて、首筋をぺろぺろと舐めてくる。

「やめて、狐斗ってば……くすぐったいわ！」

「最近のあづさからはすごくいい匂いがする。身体がどんどん清くなって、式神の俺でもうっとりするくらいだ」

「そ、そんな事ないったら！　もうくすぐったいからやめて！」

あづさが制止しても、狐斗はまるで犬のように二叉の尻尾を振ってじゃれついてくる。

子供の頃はそうやってこられると寂しさが紛れて嬉しかったが、同じように式神を操る同僚に、式神を操れないでいる事を笑われてしまい、そして年頃となって胸が大きく膨《ふく》らみ始めてからは前脚で足踏みをされると、なにやら妙なくすぐったさが湧き上がってきて困ってしまう事もしばしばで。

今も前脚で足踏みをされながら首筋を舐められるのがくすぐったくて、必死になって狐斗の下から逃れようとしているのだが、当の狐斗は逃がさないとばかりに体重をかけてくる始末で、緋色の袴が乱れるのも構わずに足をばたつかせていた時だった。

「痛っ……！」

青白い閃光《せんこう》が美しい毛並みの背に直撃したかと思うと、狐斗は雷に打たれたように身体を硬直させ、それからすぐに体勢を立て直して威嚇するように毛を逆立て、紫宸殿の奥を睨みつけている。

それにつられてあづさも視線を向けると、なぜか不機嫌な顔をした道綱が近づいてきた。

それでも美しい姿は相変わらずで、爽やかな白群《びゃくぐん》の闕腋袍《けってきのほう》を身に纏《まと》う姿はうっとりするくらいだったが、その時になってあづさは無様に横たわっている自分にはっとして、慌てて床に座り込んだ。

「助手とはいえ蔵人所の陰陽巫女となったのに、未だに式神に遊ばれているとは修行が足りないぞ、あづさ」

「はい、心得ています。でも狐斗ったらどんどん大きくなって、もう私では支えきれないんですもの」

白小袖の乱れを直しながら立ち上がって言い訳をしたが、まだ不機嫌な顔で見下ろしてくる道綱に右手に持っている笏《しゃく》で頭を軽く叩かれてしまった。

「いった〜い!」

「ばか者、それ以前の問題だろう。勝手に顕現する時点でなめられている証拠だ」

頭を押さえて恨みがましく見上げたが、道綱はそんなあづさの視線などものともせずに苦言を呈《てい》してくる。

武官である道綱の言い分は尤《もっと》もだが、あづさにも言い分はある。

「ですが狐斗は私の式神以前に友達です。私がおもしろくない思いをしていると、それを察知して顕現してくれるんです」

「なにかおもしろくない事があったのか?」

単刀直入に訊かれてしまい、自分が余計な事を口走ったのに気づいた。

まさか当の本人に、公家の女性や町の女性たちに人気があることを詰《なじ》る訳にもいかない。

そんな事をしたら聡《さと》い道綱の事だ。あづさの想いが伝わってしまうかもしれないし、なにより女性に人気があるのは道綱が望んだ訳ではないので、なんの言い訳もできない。

「道綱様には関係のない事で不機嫌になってました」

「ほぅ、狐斗には慰めてもらっているくせに、おもしろくない理由を世話役の俺には言えないというのか？」

「そ、そういう訳ではなくて……」

上から冷たい目つきで流し見られてしまい、あづさは小さくなるしかなかった。

いったいどうしたらこの苦しい状況を打破できるか思い悩んでいると、それまで黙っていた狐斗が間に入ってきた。

「道綱が怒ってばかりいるから、俺に慰めてもらったほうがあづさも嬉しいんだ」

「ふん、式神のくせに生意気な。清い内裏で陰陽巫女に不埒《ふらち》な真似をする式神など、異界へ飛ばしてやる」

そう言いながら上げた道綱の手に青白い閃光が瞬き始めるのを見て、道綱の本気を知ったあづさは慌てて逞しい腕に縋《すが》りついた。

「やめて、道綱様っ！　私が悪かったですから狐斗を異界へ飛ばさないで！」

まだ正五位以下の武官ではあるものの、道綱は中臣鎌足《なかとみのかまたり》を祖とする藤原氏の出自だけあって異能を操る事ができる。

それを表立って使う事は滅多《めった》にないが、あづさの前では狐斗を式神にした時から頻繁《ひんぱん》に異能を使うのだ。

きっと先ほど狐斗を打った青白い閃光も、道綱が放ったに違いない。

「なんでもしますから狐斗と離れればなれにしないでください……一生のお願いですっ！」

「……それはまことか？」

「は、はぃ……とは申しましても、私にできる事など微々《びび》たるものですが……」

こくこくと頷きつつ必死で言い募ると、道綱はようやく手を下げた。

その事にほっとして狐斗の首に抱きついたが、道綱はあづさから言質《げんち》を取った事で機嫌が直ったらしい。

むしろ上機嫌になり楽しげに目を細められて、あづさはなんだか自分が早まったような気がしてしまった。

「ではあづさがおもしろくない理由を問い質《ただ》す事はやめよう。なんでもするという件については、いつか必ず果たしてもらうからな」

「はぃ……」

なにを頼まれるのかわからないものの道綱が楽しげに言うのを聞いて、あづさは少し怯えながら小さな声で返事をした。

とはいえ普段は優しい道綱の事なので無理難題を突きつけてくるとは思えないし、この一件でまた会える機会が増えて、なんだかんだ言いつつ嬉しいあづさは笑顔を見せた。

「機嫌が直ったようだな。ところであづさはこんな場所でなにをしているんだ？」

「晴明様が役人とご一緒に仁寿殿《じじゅうでん》で帝と謁見《えっけん》されている最中で、それを左近の桜を眺めながらお待ちしているところです」

仁寿殿は帝の御在所で平安城の中核を成す為、いくら晴明の助手といえどあづさのような身分では入室が許されない場という事もあり、政務所の紫宸殿で待っているのだ。

「そうか、謁見が早く終わればいいがな」

「ですが大切な政《まつりごと》の話し合いをされていますし、待つのくらいどうって事ないです」

にっこりと微笑んで元気いっぱいに答えたが、道綱はあまりいい顔をせずにおでこをつついてきた。

「元気が取り柄なのはあづさのいいところだが、あまり張り切りすぎて無理はするなよ？ただでさえ細いのに倒れるぞ」

「……道綱様が思っているほど細くありません。変な心配しないでくださぃ」

身体の心配をしてくれているのは充分にわかっているが、なんだか白小袖の中を覗《のぞ》き見られているような気恥ずかしさを覚えてあづさは頬を染め上げた。

そんなふうに照れるあづさを見た道綱は、珍しく声をあげて笑う。

「もう、なにがおかしいんですか。笑わないでくださいっ！」

「わかったわかった。そう怒るな」

逞しい胸をぽかぽかと叩いてあづさは怒るが、道綱がそれでも笑いを引っ込めずにいた時だった。

右近の橘《たちばな》が青々と茂る西側から、従者を従えた柳色の闕腋袍を着た三十代前半とおぼしき令外官《りょうげのかん》がこちらへやって来くるのが見えた。

するとそれまで機嫌良く笑っていた道綱は顔を厳しく引き締めて、その令外官を紫宸殿から見下ろした。

「これはこれは、道綱の。巫女と戯《たわむ》れる暇があるとは羨ましい。私など権中納言《ごんちゅうなごん》になってからは目がまわる忙しさでな」

笏を口許に添えて微笑む脂《あぶら》ののりきった、それなりに整った顔立ちの権中納言の公卿《くぎょう》を見て、道綱はあづさが見た事もないような綺麗《きれい》な笑顔を浮かべた。

「これは藤原実資《さねすけ》殿。西の空き地へ追いやられてとんとご無沙汰しておりましたが、お元気そうでなによりです」

「相変わらず格下のくせに生意気な口を利《き》く。神事に関係もない武官のくせに紫宸殿へ出入りして巫女と戯れるとは不謹慎にもほどがある」

「いえいえ、巫女と戯れる程度の私など足許にも及びません。風の噂では藤原教通《のりみち》殿と遊女をめぐって鞘当《さやあ》てをしたとの事。三十路《みそじ》を越えてもその精力には恐れ入ります」

道綱が笑みを崩さずに言いきった途端《とたん》、実資は顔を真っ赤にしながらも道綱を睨んだ。

どうやら道綱がよっぽど癇《かん》に障《さわ》る事を言ったようだが、話している内容の半分も理解できなかったあづさは道綱の袖を引いた。

「……道綱様、鞘当てとはなんの事ですか？」

「あづさは知らなくてもいい男の遊びだ。女の……しかも清い陰陽巫女が口にしていい言葉ではないから忘れるように」

けっきょく鞘当ての意味はわからなかったが、遊女の名が出てきたところをみると淫語だと察して、口にしてしまったあづさは頬を染め上げた。

そして昼間から神聖なる宮中で淫らな会話をする二人に呆《あき》れ、頬に手をやって二人から逃げるようにそろりと後退ったのだが、それに気づいた実資が改めてというようにあづさを凝視めてきた。

「……っ…」

あづさと目が合うと実資は脂下《やにさ》がった笑みを浮かべ、まるであづさの全身を舐めるようにつま先から頭のてっぺんまでゆっくりと視線を這わせてくる。

「これはまた美しい巫女がいたものだ。後宮《こうきゅう》の姫たちもかくや、という美しさではないか。そこの巫女、名はなんと申す」

道綱が小さく舌打ちをするのが聞こえたが、権中納言という位の公卿に問われてしまっては答えぬ訳にはいかず、あづさは礼儀正しくお辞儀をした。

「安倍晴明氏を師とする助手で、陰陽巫女を務めておりますあづさと申します」

「良い名だ。立派な式神もついているようだし、従五位からうだつの上がらぬ道綱と共にいるより、まもなく従三位へ昇進の噂もある私についたほうがなにかと得だぞ」

好色な目つきで凝視められ、清い身体が穢《けが》れるような気分になったあづさは心の中で祓いの文言を唱えつつ、再び実資へお辞儀をした。

「……道綱様には朝廷へ押し上げて頂き、返しきれないほどの恩がございます。なにより宮中に仕える陰陽巫女である以上、権力闘争には関与いたしません」

「道綱への恩はどうでもいいが、確かに神職に仕える清い身をどうこうできる訳でもないしの。しかし中殿《ちゅうでん》にこれほど美しい巫女がいるとは知らなんだ。また会おうあづさよ」

実資の言葉に返事はせずにお辞儀をするだけに止めたが、実資は道綱には別れの挨拶《あいさつ》もなしに従者を伴って神泉苑《しんせんえん》の方角へ去っていった。

実資の姿が見えなくなると同時にあづさはほっと胸を撫で下ろし、口の中でさらに祓いの文言を呟いた。

そして道綱はというと先ほどまでの完璧な笑顔から一変して、苦虫を噛み潰したような表情を浮かべていて――。

「よりにもよって実資に目をつけられるとは縁起が悪い。あの男の好色ぶりは知れ渡っているところだから気をつけるんだぞ」

「わかりました」

身を引き締めるようにしっかりと頷いて自らの身体を抱きしめていると、狐斗が身体にまとわりついてきた。

「いざとなったら俺が噛みついて追い払ってやるぜ」

「だめよ。陰陽巫女の式神が権中納言様を傷つけたと知れたら、晴明様に迷惑をかけてしまうもの。狐斗は手を出しちゃだめ」

「とは言っても実資に目をつけられたのは痛い。俺が傍《そば》にいればいいが、いざとなったらなりふり構わず術でもなんでも使って逃げろ」

道綱の忠告に言葉もなく頷き、もう二度と実資と会わずに済むよう願っているところで、紫宸殿の奥にある仁寿殿より役人や晴明が退室してくるのが見えた。

晴明は道綱に負けず劣らず京の町で姿絵が飛ぶように売れるほど凛々しい美丈夫で、居ずまいを正してこちらへ向かってくる姿すら美しい。

「これは道綱殿。あづさの相手をしてくださっていたのですか」

「なに、通りがかりにあづさがいたまでの事。晴明殿も帝への謁見お疲れ様でした。内容を訊いても大丈夫ですか?」

実資に対しては位が低くても高圧的な態度の道綱だったが、晴明に対しては尊敬の念からかとても穏やかに話をしていて、あづさもようやく心が落ち着いてきた。

「本日は祭りについての段取りを取り決めておりました」

「そういえば来月は賀茂祭《かもまつり》でしたね」

賀茂祭は賀茂別雷《かもわけいかづち》神社と賀茂御祖《かもみおや》神社で皐月《さつき》の酉《とり》の日に行われる例祭で、庶民の祭りの祇園《ぎおん》祭に対して、賀茂氏と朝廷の行事になる公卿や公家の為の祭りだ。

「お会いできてちょうど良かった。腕の立つ道綱殿には騎射《きしゃ》神事に参加して頂こうという話になりました」

「まぁ、道綱様が騎射神事に参加されるなんて！」

剣技だけでなく弓の名手でもある道綱が、愛馬に乗って的を射る勇壮な姿を想像しただけでも心が躍って、あづさはようやくいつもの笑顔を浮かべる事ができた。

「こら、あづさ。道綱殿はあくまで神事を執り行うのだぞ」

「もちろんわかっています。道綱様、このあづさが見守っていますから、絶対にすべての的を射てくださいね！」

とは言いつつもわくわくしながら道綱の袖を引いて見上げると、苦笑が返ってきた。

「これだけあづさに期待をされては絶対にへまはできないな。ありがたくその神事、参加させて頂きます」

丁寧に頭を下げた道綱に晴明はほっとしたように微笑み、それからあづさに向き直り優しく微笑んだ。

「あづさよ、私はまだ帝と話がある。道綱殿が差し支えなければ、久しぶりに道綱殿の屋敷へ遊びに行ってもいいぞ」

「本当ですか！　道綱様、あの……」

晴明の提案に嬉しさを隠しきれずに期待を込めて道綱を見上げると、苦笑を浮かべながらも頭を撫でられた。

「ちょうど唐菓物《からくだもの》がある。帰りも送ってやるから遠慮なく遊びに来るといい」

「ありがとうございます！　晴明様、お言葉に甘えて道綱様のお屋敷へ遊びに行きます」

滅多に口にする事のできない珍しい唐菓物も興味があるが、大好きな道綱の屋敷へ久しぶりに遊びに行けると思うだけで嬉しくなった。

「良かったな、あづさ。だが少々つかいを頼んでもいいか？」

「はい、なんなりと申しつけください！」

にっこりと微笑むあづさに、晴明は袖から二通の書状を取り出した。

「賀茂別雷神社と賀茂御祖神社の宮司《ぐうじ》殿に祭りの概要を記した書状を届けてくれるか？」

「わかりました」

書状をしっかりと受け取ると、晴明はまた美しい所作で仁寿殿へと引き返していく。

帝から全幅《ぜんぷく》の信頼を受けている晴明は、きっと帝の吉日を占いにでも行ったのだろう。

そういう時は帰りが遅いので晴明の言葉に甘える事にして、あづさは狐斗を見下ろした。

「狐斗、そういう訳で私は道綱様のお屋敷へ遊びに行くから賀茂別雷神社と賀茂御祖神社へ行ってきて」

「賀茂別雷神社は行ってもいいけど、賀茂御祖神社の八咫烏《やたがらす》とは仲が悪いからいやだ」

「狐斗ってば〜！　烏さんと喧嘩したの？　もしも賀茂建角身命《たけつぬみのみこと》だったらどうするのよ」

わがままな狐斗はさすが狐というだけあるのか、かなり根に持つ性質がある。

賀茂建角身命の化身とされている脚が三本ある八咫烏と知らないうちに喧嘩をしたようだが、もしも賀茂建角身命だったらと思うと肝が冷えるし、それ以外の八咫烏と反りが合わなくてもいつまでも根に持たなくてもいいと思う。

しかもせっかく道綱の屋敷へ遊びに行けるというのに、狐斗はあづさの命令でもいやなものはいやだときっぱりと断ってくるのだ。

「あいつらは群れて攻撃してくるから卑怯《ひきょう》だ。俺の自慢の毛を抜こうともしたし、絶対に行かないからな」

つん、とそっぽを向く狐斗は、こうなると頑固になってちっとも動かない。

床にぺったりと伸びて日向ぼっこをする仕草をし、絶対に行かないという姿勢を見せられて、あづさは諦めのため息をついた。

「……わかったわ。それじゃ賀茂御祖神社へは私が行くわよ、もう」

あづさが桃色の口唇を尖らせつつ言っても狐斗は振り返りもしない。

この時間からおつかいへ行ったら道綱の屋敷へ行く時間がなくなってしまうが、狐斗が行かないというのなら仕方がない。

「それじゃ、こちらの書状をお願いね。道綱様、そういう訳なので今日はやはりお屋敷へ遊びに行くのは遠慮します」

「残念だが今から賀茂御祖神社へつかいに行ってから、我が家へ来るのは忙《せわ》しないな。だがせっかく晴明殿が遊んでもいいと言っているんだ。俺が賀茂御祖神社まで送ってやる」

「本当ですか!?」

「あぁ、牛車《ぎっしゃ》では間に合わないから馬で駆けるぞ」

道綱の提案に一度は一緒に過ごす事を諦めようとしたあづさは、道綱が一緒についてきてくれる事が嬉しくて顔を綻ばせた。

「おい、あづさ。晴明様の命を忘れてないよな?」

「わ、忘れてないわよ。変なことを言ってないで狐斗も早く行ってきなさいよ」

まさか式神の狐斗に釘を刺されるとは思わなくて反論したが、狐斗は不機嫌そうな態度で空高く跳ねて、賀茂別雷神社の方角へ向かって消えていった。

「ではあづさも早く支度をしてこい。その間に瑠璃《るり》の用意をしておこう」

瑠璃とは道綱の愛馬で、葦毛《あしげ》が見事な雄馬だ。

何度か乗せてもらった事があるがとても心優しい馬で、あづさを気に入ってくれている。

「では帰る支度をして参ります」

「あぁ、俺は承明門《しょうめいもん》で待っている」

そこでいったん別れを告げてあづさは、急いで控えの間で外出着に着替えた。

春らしく桜の文様が描かれた薄紅色の袿《うちぎ》に合わせて単《ひとえ》は萌黄色《もえぎいろ》を着て、懸帯《かけおび》は鮮やかな紅色という壺装束《つぼしょうぞく》に着替え、市女笠《いちめがさ》に麻で作られたむしのたれ衣をかぶせ、薄紅色の組紐で花が咲いているような飾り紐を結んだ。

そして髪もゆるく結び直し、貝殻に入った口紅で薄化粧をしてから、晴明から預かった書状と禊《みそ》ぎに使う為の手拭いを袖に忍ばせ、すべての支度を整えたものの、そこでうきうきと着飾りすぎている自分にはたと気づいた。

「晴明様におつかいを頼まれているのに、私ってば……」

道綱と出かけられる事が嬉しくてついめかし込んでしまったが、仕事なのだと改めて思い出して顔を引き締めた。

しかし京の町で騒がれるほど人気のある道綱と一緒に馬へ乗るのに、あまり質素な格好なのも失礼な気もする。

(……このくらい着飾らないと、道綱様の連れとして失礼に違いないわ。けれど仕事でもあるし、いったいどうしたらいいのかしら……）

普段は巫女装束ばかりで、あまり着飾った事のないあづさでは着飾る加減がよくわからない事もあって、真剣に悩んでしまった。

（でもこうしている間にも、道綱様と一緒にいられる時が少なくなっちゃうし、たまにはこのくらい着飾ってもいいわよ、ね？）

まだ自信がなかったものの、道綱と少しでも長く一緒にいたい気持ちもあるし、なによりあまり待たせるのも悪い気がして、けっきょく支度をした格好で出かける事に決めた。

そうして紫宸殿の南階を下りて承明門へとしずしずと歩いていくと、そこには瑠璃を従えた道綱が既《すで》に待っていて、娘らしく着飾ったあづさを見て微笑みかけてくる。

「お待たせしました、道綱様」

「見違えたぞあづさ、巫女装束もいいがたまには袿を着た姿もいい」

「褒めてもなにも出ません」

照れたあづさは道綱から目を逸《そ》らして、むしのたれ衣で真っ赤に熟《う》れた顔を覆い隠し、それから道綱の傍でおとなしくしている瑠璃の首をそっと撫でた。

「瑠璃、今日は私も乗せていってね」

話しかけると瑠璃は嬉しそうにぶるるっと鳴いた。

そして道綱に瑠璃へ乗せてもらい、あづさは道綱と共に平安城をあとにしたのだった。

◇◇◇

普段は晴明の牛車に同乗させてもらい、周りの景色を眺めるでもなく内裏と屋敷を往復していたあづさは、大内裏から南に伸びている朱雀大路《すざくおおじ》を瑠璃に乗り、わくわくしながら通りを眺めたのだが、すぐに異変を感じ取った。

「道綱様……町が澱《よど》んで見えます」

「さすがだな、すぐにわかったか」

京の町で一番栄えている大通りを歩いているのに、町人の姿があまり見えないのだ。

昼間だというのに閉店している店もあり、活気があるどころか京の町は全体的にどこかひっそりとしている。

空を見上げてみても晴天なのに、町に瘴気《しょうき》が漂っているように感じて、細かく黒い粒子の霧が町を覆い尽くしているようにも見えた。

「気配がおかしすぎます。京の町にいったいなにが起きているのですか？」

「実は数日前から赤斑瘡《あかもがさ》が急に流行りだしてな。町人が赤斑瘡に罹《かか》っては命を落としているという報告が入ったばかりなんだ」

「まぁ、赤斑瘡が……」

赤斑瘡とは疫病のひとつで、全身に赤い発疹が出て高熱などに冒される苦しい流行病だ。

宮中の清い空気の中で仕事をしていたあづさは気づかなかったが、どうりで町がひっそりとしているのか理解して、そして瘴気が漂っている理由にも合点《がてん》がいった。

「それにしても邪気が強すぎます。黒い霧のようなものも私には見えますし、誰かが呪術を使っているのでは……」

もしかしたらの可能性を口にした途端、黒い霧がまるで意思を持っているように渦《うず》を巻いて自分に向かってくるのが見えて、あづさは咄嗟《とっさ》に身を固くして防御の術を取ろうとしたのだが――。

「……っ！」

練習は泣くほどしていてもなにぶん実践を積んでいないあづさは、邪気の迫力に押されて動けなくなった。

すると邪気があづさを攻撃する前に、青白い閃光が黒い霧の渦を引き裂き、気がついた時には二人の周りだけ清浄な空気に包まれていた。

「……道綱様、今なにかされましたか？」

道綱を振り返って見上げたが、当の道綱はただ笑うだけで瑠璃を操っている。

しかし青白い閃光は道綱の放つ気の色だという事は、あづさにはお見通しだ。

「ずるいです。私のほうがいろいろな術を知っているのに、道綱様のほうが術を使いこなしているなんて……」

練習に練習を重ねた術を使えもせず、陰陽巫女の自分が武官の道綱に術で助けてもらった事がなんだか理不尽で紅をさした口唇を尖らせたが、実践をこなしている道綱のほうが機転が利くのは当たり前かと思い直した。

「あの、ありがとうございます」

小さな声でお礼を口にすると、道綱はあづさを背後からぎゅっと包み込んできた。

ただそれだけのことなのに胸がどきどきと高鳴って、耳まで赤くなってしまった。

それに耳だけではなく顔も火照っているが、むしのたれ衣で顔を覆っているので、道綱には気づかれていないのが唯一の救いだ。

それでも密着した背中から胸の鼓動が道綱に伝わってしまうのではないかと心配していたのだが、道綱は特に気にした様子もなくほっとしていると、三条《さんじょう》大路の辻に人だかりができているのが見えて、あづさの関心はそちらへ向かった。

「道綱様、なにか賑《にぎ》わってますね」

ようやく活気に満ちた人々の雰囲気を感じられてほっとしたものの、近づくにつれ人々が少し殺気だっているのに気づいた。

「おい、銭なら払うから俺にも薬を分けてくれ！」

「なに言ってるんだい、こっちが先だよ！」

「わかったわかった。丸薬《がんやく》ならいくらでもあるから落ち着け」

よく見れば辻には鈍色《にびいろ》の山伏《やまぶし》装束で薬箱を地面に置いた道摩《どうま》法師《ほうし》が中心にいて、町人に薬を売っているようだった。

「あぁ、これで娘の赤斑瘡が治るわ……」

「この薬以外は赤斑瘡に効かないというし、ありがたいありがたい」

陰陽寮に属していない民間の陰陽師である道摩法師が、薬を売る事自体はよく見る光景だが、常備薬を売るのが普通だ。

なのに官人《かんにん》や医師でも手を焼く疫病の赤斑瘡が治るなどと謳《うた》って、町の人々に売りつけているのは少々眉唾《まゆつば》ものに感じた。

それに道綱と同年代でまだ若く髪も結っていない道摩法師をひと目見た瞬間、あづさはなにかいやな気配を感じ取った。

道綱もやはり同じように思ったのか、辻に立つ道摩法師へと瑠璃を進めていった。

「おい、そこの道摩法師。赤斑瘡が治るとはまことか」

「これはこれはお公家様。俺が売っているのはいかにも赤斑瘡の妙薬でございます」

道綱に馬上から見下ろされているのに道摩法師は余裕たっぷりな表情でにやりと笑い、町人に薬を売り続ける。

「赤斑瘡の妙薬など存在しない。この場で丸薬を売る事を禁ずる。皆もこの男から丸薬を買わぬよう、この場から早く立ち去るんだ」

道綱が凛とした声で言い放つと、町人は渋々とその場から離れていった。

そして客がいなくなりすっかり暇になってしまった道摩法師は、静かに腹を立てている様子で道綱を睨みつけてくる。

「俺の作った丸薬でなければ赤斑瘡は治らないぞ、お公家様。このままでは京の町は赤斑瘡が蔓延《まんえん》して全滅だ」

「そのような脅しなどこの藤原道綱には通用しない。いいからこの場から立ち去れ」

「ふん、あとで泣きを見ても知らないぜ、道綱様よ」

どちらも負けずに視線を逸らさない緊迫したやり取りに、あづさはただはらはらする事しかできなかった。

そして道摩法師は道綱をただ黙って凝視めていたが、そこでふとむしのたれ衣で顔を覆い隠しているあづさに目を向けてきた。

「……っ…」

まるで隠されているあづさの顔が見えているように、にやりと笑った道摩法師に肌がぞくりと粟立《あわだ》ち、思わず道綱の背に身体を預けて固まっていると、道摩法師はそれから興味がなくなったように息をつき、薬箱を背負ってあづさたちに背を向けて歩き出した。

「待て、おまえの名は？」

「道摩法師の蒼眞《そうま》」

立ち止まって振り向き、蒼眞と名乗った道摩法師は、それきりこちらを振り返りもせずに歩き去っていった。

「大丈夫か、あづさ」

「……はい。あの蒼眞という道摩法師からは邪気が漂っていました。きっと呪術を専門とした道摩法師に違いありません」

「そうだな。この俺と対等に渡り合う程度には能力もあるようだったが……」

そう呟いたきり道綱は蒼眞が消えていった三条大路をしばらく凝視めていたが、気を取り直すように瑠璃を歩かせた。

「それよりあづさ、せっかくこうして町へ出てきたんだ。なにか欲しい物を買ってやる」

「私の欲しい物……？」

「新しい紅でもなんでもいい、好きな物を選べ」

とは言われても蒼眞の邪気に当てられて気分が沈んでいたあづさは戸惑ってしまったが、ちょうど差しかかった櫛《くし》屋に目を止めた。

「道綱様、では私に似合う櫛を買って頂けますか？」

「櫛を贈れというのか？　俺の呪力がかかるかもしれないぞ？」

「道綱様の呪力なら、私がすぐに破ってみせます！」

自信満々に言いきって微笑むと、道綱は苦笑を浮かべつつも瑠璃を櫛屋の前に停めた。

古来より櫛は別れを招く呪力を持っているとされてはいるが、一方で魂《たましい》の宿る頭を飾ったり髪を梳《す》いたりする物でもある為、贈る人の分身としての意味合いもある。

他に欲しい物が特にないのもあるが、どうせ道綱に贈ってもらうなら形に残る物が良かったし、道綱の分身を贈ってもらえるならこれ以上に幸せな事はない。

「それにしてもたくさんあるな。あづさに似合う櫛を選ぶのはなかなか難しい」

「道綱様に贈って頂けるなら、どんな櫛でも大切にします」

さっそく櫛屋の品を見たが、町人が日常的に使う櫛から公家の女性が使う高価な櫛まであり、道綱はどれを選んでいいのか悩んでいたものの、けっきょく藤の花が彫られている黄楊《つげ》の梳かし櫛を選んでくれた。

「うん、あづさによく似合う。これにしよう」

「こんなに高価な櫛を贈ってくださってどうもありがとうございます」

藤の花は道綱には馴染《なじ》みのある花でもあるし、まさに道綱の分身をもらったような気分になれて、あづさは贈られた櫛をしばらく凝視めてにっこりと笑い、懐《ふところ》へ大切にしまった。

「さて、寄り道をしたがここからは一気に糺《ただす》の森へ向かおう」

「はい！」

少し遠まわりをしてしまったがそこからは鴨川沿いをひた走り、ほんの四半時《しはんとき》ほどで賀茂御祖神社の社叢林《しゃそうりん》でもある糺の森へ辿り着いた。

瑠璃は糺の森の入り口にある厩舎《きゅうしゃ》に預け、そこからは道綱と二人で森の中を歩いていく。

参道とされているが山ひとつ分はある広大な森なので、賀茂御祖神社へ辿り着くまでは少々時間がかかるが、原生林ならではの清々しい香りがして御神気に満ち溢れている為、とても気持ちがいい。

そして森の中ほどまで来たところであづさは辺りを見まわし、誰もいない事を確かめると、森の中を流れるよっつの小川の中でも、湧き水が滾々《こんこん》と湧き出る御手洗池《みたらしいけ》を水源とする御手洗川のほとりにある茂みでふと立ち止まった。

「どうした、あづさ?」

「私は禊ぎをしてから境内《けいだい》へ参りますので、道綱様は先に行ってください」

「ならば俺も禊ぎをしよう」

一緒に御手洗川へついてこようとする道綱を、あづさは慌てて引き留めた。

「いいえ、道綱様はもっと上流で手を清めてください。ここは私の秘密の禊ぎ場ですから、いくら道綱様でもついてきたらだめです」

「なぜだ? 別に一緒でもいいじゃないか」

心底不思議そうな顔をされてしまい、強引についてこようとする道綱の逞しい胸に手を添えて、あづさは精一杯の力で引き留めた。

「あづさ、どうしてだめなんだ？」

「そ、それはその……私は陰陽巫女ですから手を洗うだけの禊ぎでは済まないからです」

頬を染めながら上目遣いで見上げると、道綱はようやく理解したようでくすくす笑う。

その道綱の態度で余計に顔が火照ってしまったが、湧き水で全身を清める必要がある為、道綱に一緒に来られるのは困るのだ。

「ならばなおさら一緒についていきたいところだが」

「もう、道綱様!?」

「冗談だ。先に上流へ行っている」

そう言い残して道綱が歩いていくのを見届けたあづさは、再び誰も来ない事を確かめてから茂みの中へ入っていき、さらに低木が生い茂る場所で壺装束を脱いで、一糸纏わぬ姿となったのだが――。

（どうしてこんなに不格好なのかしら……）

道綱にはとても細いと思われているが、着物を脱ぐと押さえつけられていた双つの乳房が途端に解放されて、やたらと目立ってしまうのがあづさの悩みだった。

それでも陰陽巫女となったからには誰に肌を見せる訳でもないので、あまり気にしないようにしているが、気になってしまうのは年頃のせいだろうか？

（まぁ、これ以上大きくならなければいいわ）

そんな事を思いつつあづさは脚の付け根の深さほどの御手洗川の中へ静かに入っていき、どこまでも透明な湧き水を手で掬い上げては身体に水をかけて清めていく。

(気持ちいい……)

今日は特に邪気に当てられた事もあり、念入りに水を浴びる事にした。

川底に座り込み、水を掬っては身体の線をなぞるように隅々まで手で撫でる。

それでもまだ邪気が祓われていない気がして、両手で掬った水を首筋からゆっくりとかけていき、そこから手を下ろして柔らかな乳房をそっと撫で下ろし、両手で背中にも水をかけていく。

春とはいえ冷たい湧き水を浴びると身が引き締まる思いがして、浴びる度に身体が清くなっていくのがわかった。

そして川底から立ち上がり、最後の仕上げにまた首筋から水をかけて身体の線をゆっくりとなぞっては清めていくのを何度か繰り返した。

(ふぅ、これでいいわ)

そうして心ゆくまで禊ぎをして清浄な気持ちになったところで川のほとりで水を拭い、再び壺装束を着替えて茂みから出てきたのだが——。

「み、道綱様!?」

先を行っていた筈《はず》の道綱がその場でまるで見張りをするように楠《くすのき》に寄りかかっていて、

あづさは跳び上がりそうなほど驚いた。

「どうしてここに戻ってきたのですか？」

「もしも他の男が参拝に来たらと思ったら気になって戻ってきた」

「……覗いてないですよね？」

見張りをしてくれていたのはわかったが、当の道綱が覗きをしていないとも限らない。

とはいえ理性的な道綱を信じたい気持ちもあって質問をすると、道綱は少し悪戯《いたずら》っぽく笑いながらあづさを意味深な瞳で凝視めてきて――。

「いや、装束を脱ぐと細い身体ながら乳だけは意外と育っているのは見ていない」

「み、見ましたね!?　道綱様なんて知らないわ！」

恥ずかしさが頂点に達して逞しい胸をぽかぽかと叩いて怒りを表したが、道綱はたいして痛がりもせずに笑うばかりだった。

「許せ、陰陽巫女の禊ぎがどんなものが見てみたかっただけだ。他意はない」

「本当ですか!?」

「あぁ、誓って不埒な目的で見ていた訳ではない」

「ふ、不埒な……！」

断言されたものの、不埒な目的で覗かれてないというのも、それはそれでなんだか自分を女として見てもらっていないようでおもしろくない。

しかしどちらにしても道綱に肌を見られてしまった事には変わりなく、あづさは全身を真っ赤に染め上げた。

「そう怒るなあづさ。今度屋敷へ来る機会があったら唐菓物を食わせてやるから」

「食べ物でつられるほど卑《いや》しくありません！　もう行きますよ!!」

「わかったわかった、しかし見事だった」

なにが見事だったのか訊くのも恐ろしく、憤慨《ふんがい》しながらも先を歩くあづさを見て道綱が忍び笑っているのがわかった。

しかしあづさはもう道綱に合わせる顔がなくて、陰陽巫女らしからぬ足取りで参道をずんずんと歩いていった。

「そこまで怒らなくてもいいじゃないか」

「怒ってませんっ！」

「怒っているじゃないか。ほら、機嫌を直してこちらを向け」

本鳥居の手前で強引に腕を引かれて向き合う形となり、顔を覗き込まれたあづさの顔は、これ以上ないというほど真っ赤に熟れている。

紅がかった瞳は羞恥に潤み、目尻に涙を浮かべて恨みがましく見上げると、道綱はそんなあづさを見て反省するどころか、なぜか目を細めてあづさを胸の中に抱き寄せて——。

「わかった、俺が悪かった。頼むから機嫌を直せ」

まさか道綱の胸の中へ抱きしめられる日が来るなんて思いもしなくて、驚きすぎたあづさは、熱が出てしまうのではないかというほど真っ赤になってしまった。

それにいつ誰が来るとも知れない賀茂御祖神社の大鳥居の前で抱き合うなんて、大胆にもほどがある。

「道綱様、こんな場所で不謹慎《ふきんしん》です」

「ならば許してくれるか？」

「わ、わかりましたからもう離してくださぃ……」

これ以上抱き合っていたら胸の鼓動が伝わってしまいそうで、けっきょくあづさが折れる形で許すと、道綱はようやく解放してくれた。

まだ胸がどきどきと高鳴って道綱をまともに見られず、それでも晴明のおつかいをまっとうする為大きく息をついて心を鎮《しず》めようとしても、なかなか平常心に戻れなかったあづさだが、大鳥居の前で一礼をして鳥居の中へ入った。

そして本殿の参拝をする事で心をなんとか鎮め、晴明に預けられた書状を宮司に預けて、ようやくおつかいを終えてほっとしていると、それまで黙って隣を歩いていた道綱は、本鳥居を抜けたところでふいにあづさの手を握り締めてきた。

「み、道綱様……!?」

「そんなに驚く事もないだろう。ただ手を握ったくらいで騒がしい」

「で、ですが……もしも誰かに見られでもしたら……」

凜々しい道綱は女性たちが騒ぐほどの人気ぶりだというのに、もしも自分のような陰陽巫女と手を繋いでいる場面を誰かに見られて噂が立ったらと思うと気が気ではない。

それに蔵人所に務める陰陽巫女である以上誰よりも清くなければいけないのに、道綱と手を繋いで歩くのは不謹慎に思えたのだが――。

「俺は別にあづさとなら誰に噂されてもいい」

「ですが私は清くなければいけませんし、あの、その……手を離してくださぃ」

「手を繋ぐ程度で穢れる訳もない。それに今は巫女装束ではなく、高貴な家の娘にしか見えないほど美しいから、堂々としていろ」

とは言われても少し陽が傾き始めた誰もいない御神域の糺の森を、男女が手を繋いで歩くのはやはり不謹慎に思えて、あづさは今まで以上に顔を真っ赤に火照らせた。

大きな手にぎゅっと包み込まれて道綱の温もりを感じるだけで、胸の鼓動も最高潮に達して、耳にうるさいほど響いている。

「や、やはり手を繋いで歩くのは……」

心臓に悪すぎて手を引き離そうとしたが、逆にぎゅっと握られてしまった。

しかも道綱はどこか不機嫌そうな顔で言うのだ。

「ほぅ、あづさは俺と手を繋ぐのがいやなのか？」

「そ、そんな事はありませんっ！　とても嬉しいですけれど……！」

思わず本心を言ってしまってからはっと気づいて俯《うつむ》いたが、道綱はあづさの口から言わせた事に満足したらしい。

先ほどまでの不機嫌そうな顔から一変して、機嫌が良さそうな顔であづさの細い指に指を絡めてくる。

「み、道綱様……」

「そうか、俺と手を繋ぐのはとても嬉しいのか」

「……もう言っちゃいやです……」

わざわざ口にされると余計に恥ずかしくなり、あづさはこれ以上ないというほど真っ赤になって長い睫毛《まつげ》を伏せた。

すると道綱がふと微笑む気配がして、さらに力強く指を絡めてくる。

いったいどういうつもりで道綱は手を握ってきたのだろう？

もしかして道綱も自分の事を――などと都合のいい勘違いをしてしまいそうになる。

「道綱様……」

真意を知りたくてむしのたれ衣の隙間から道綱をそっと見上げてみたが、その視線に気づいた道綱はどこ吹く風といった様子で微笑み、糺の森を出るまでけっきょくあづさの手を離してくれなかった。

第二章　藤花の盛り

賀茂祭の前儀でもある騎射神事の当日、あづさは晴明に連れられて賀茂御祖神社へと足を運んでいた。

この前儀の日が来るまでは、斎王《さいおう》の着物や輿《こし》を選ぶ吉日を占ったり、賀茂御祖神社と賀茂別雷神社へ帝の宣旨《せんじ》を届ける勅使を決めたりと目のまわるような忙しさだったが、賀茂祭さえ始まってしまえば晴明やあづさの出番はなく、しばらくはのんびりできるのだ。

そしてあづさの見たい気持ちがよほど伝わったのか、晴明はわざわざ道綱が行う騎射神事の観覧席を確保してくれたのだった。

糺の森では既に騎射神事が行われていて、一の射手がちょうど陰陽《いんよう》のかけ声と共に一の的を射たところで、周りからはどよめきが聞こえていたが、あづさは晴明の横でそわそわと落ち着きなくしていた。

「こら、あづさ。道綱殿の出番が楽しみなのはわかるが、少しは落ち着いたらどうだ？」

「落ち着いてなどいられません。道綱様が的をすべて射る事ができたら、町で流行っている赤斑瘡が根絶するように願を掛けているんですもの」

「なるほどな、そういう事にしておこう」

晴明は本気にしていないようでおもしろそうに笑っているが、赤斑瘡は町中にますます広まりを見せている事もあり、あづさは大真面目だった。

これ以上赤斑瘡が蔓延しないように禊ぎをしたり、町に依代《よりしろ》を飛ばして邪気を祓ったりしていたのだが、あづさの術で町が清く祓われてもすぐに何者かの邪気に覆われてしまい、効果は微々たるものだった。

なので道綱の騎射神事が見事成功したら、赤斑瘡が町から消え去るように十二日前から強飯《こわめし》を食べる事を禁じて願掛けをしていた。

弓の名手として名高い道綱ならば、きっとみっつの的すべてを射てくれるに違いなく、あづさの願掛けも成功すると思うのだ。

(お願いです、どうか道綱様がすべての的を射て町の疫病が祓われますように)

心の中で祈りながら、二の射手が的を射ていく様子を見物していると、いよいよ最後の三の射手となる道綱が愛馬の瑠璃と共に馬を走らせる馬場元に姿を現した。

金糸で藤の花が織られた淡藤色の闕腋袍に七色の織りも見事な平緒《ひらお》を締め、金箔が美しい塗り鞭《むち》を右手に持ち、左には相位弓《そういきゅう》を手にした道綱の勇壮な姿が見えた途端、それぞれの御簾《みす》の向こうから女性たちのため息が洩れ聞こえてくる。

相変わらずの人気にあづさは少々おもしろくない気持ちになったが、今は願掛けに集中して道綱が成功する事を祈った。

そして走り出しの馬場元にいる役が合図扇《あいずおうぎ》を上げると、道綱は揚鞭をして瑠璃を全速力で走らせ、あづさの緊張も高まった。

しかし道綱は落ち着いたものでまずは一の的を見事に射貫《いぬ》くと、すぐさま背負っている鏑矢《かぶらや》を抜き取り、二の的に狙いを定めてまた見事に射貫いた。

的を射る度に観覧席からは息をのむようなどよめきが聞こえているが、道綱はすっかり精神統一されているようで、三の的にいたってはど真ん中を射る事に成功した。

瞬きをする間もないほどの早業だったが、道綱だけがすべての的を射た事もあり、観覧席からは歓声があがっている。

もちろん心から願掛けをして応援していたあづさも、その道綱の見事な騎射を、ただただ凝視めている事しかできなかったが——。

「どうだ、あづさ。道綱殿に惚れ直したか？」

「はい……え？　あっ！　ち、違います！　あとは願掛けが叶うのを祈るのみです！」

うっかり本音を洩らしてしまってから、はっと我に返ってしどろもどろになって答えるあづさを見て、晴明は噴き出すのを必死で堪えている。

そんな師を真っ赤になりながらも恨みがましく見上げているうちに、騎射神事も佳境に入り、道綱は馬場殿の前で騎乗のまま片鐙《かたあぶみ》をして濃色の神禄《しんろく》を宮司より賜《たま》わっていた。

そしてその神禄を肩にかけて馬上拝舞を行い、馬場元へと帰っていくのを見届けたところで騎射神事も終わり、観覧席にいた公卿や公家たちは今年も見事だった騎射神事を語りながら三々五々、屋敷へと帰っていく。

その中からは公家の女性たちの声も聞こえ、見事だった道綱の勇姿を歌に込めてさっそく送ると話していて、歌など作れないあづさは、公家の女性の見事な歌に道綱の心が傾いてしまうのではないかと不安な気持ちになってしまった。

しかしそれも仕方がないと自分を律しながらも、まだ道綱の勇姿を思い出してはどきどきする胸を押さえていたのだが――。

「今は牛車が混んでいるから、しばらく待とう」

「はい、そうですね」

晴明に声をかけられて素直に頷き、御簾で仕切られた観覧席に留まり、静けさを取り戻し始めた糺の森の御神気を感じながらしばらくのんびりとしていると、神禄を肩にかけて誇らしげな表情を浮かべている道綱が迷う事なくこちらへ向かってくるのが見えた。

「晴明殿、中へ入ってもいいですか？」

「これはこれは道綱殿。見事な腕前でしたね、どうぞお入りください」

「では遠慮なく」

観覧席といっても晴明が取ってくれた場所は、公卿や公家たちとは少し離れた賀茂御祖神社の本鳥居の近くに設《しつら》えてある。

その中へ道綱は入ってくると、まずは晴明に一礼してからあづさに微笑みかけてきた。

「どうだ、あづさ。俺の勇姿は見ていたか？　あづさの期待どおりすべて射貫いたぞ」

「はい、この目にしっかりと焼きつけました。さすがは道綱様です」

にっこりと微笑みながら見上げるあづさに、道綱も誇らしげな笑みを浮かべていたのだが、そこで晴明が咳払いをした。

「どうやら私は席を外したほうがよろしいようですね……」

「な、なにを仰っているのですか晴明様っ!?　このまま一緒にいてくださいっ！」

まるで晴明をのけ者にして二人だけの世界を作っていたような言い方をされて、真っ赤になって引き留めると、晴明はそんなあづさを見てふと笑った。

「なに、ほんの冗談だ。して道綱殿、あづさの顔を見に来ただけではなく、なにやら用件があるようですね？」

それまで浮かべていた笑みをすっと消した晴明は、道綱の星空にも似た藍色がかった瞳の中を洞察するような目つきになった。

こういう時の勘の鋭さはさすがというか、都で一番の陰陽師と言われるだけはあって、晴明は外した事はない。

その証拠に道綱は苦笑を浮かべつつも恐れ入ったというように、居ずまいを正した。

「お察しでしたか。晴明殿、明日にでも屋敷を訪ねてもよろしいでしょうか？」

「えぇ、もちろん。賀茂祭の最中は私もそれほど忙しくないですし、なにより道綱殿でしたら歓迎します」

「ありがとうございます。では明日、屋敷へ伺《うかが》います」

晴明に約束を取りつけた道綱は、その時ばかりはあづさには構わず礼儀正しく一礼してから観覧席から出ていった。

武官としてなのか個人としてなのかわからなかったものの、道綱がなにか晴明に相談事があるようなので黙っていたが、この場所や平安城ではなく屋敷で改まって用件を話すなんて、きっとよほどの事に違いない。

そう思うと気になって仕方がなかったが、あづさはそれをぐっと堪えた。

「牛車も空いてきた頃合いだ、そろそろ屋敷へ戻ろうか」

「はい、そうですね……」

返事をしたものの気もそぞろといった様子でそわそわしていると、晴明はふと微笑んであづさを凝視めた。

「大丈夫だよ、あづさが気を揉むような用件ではないと保証しよう。むしろ……」

「え……」

「いや、なんでもない。それでは行こうか」

元気づけるように肩を叩かれて首を傾げたものの、晴明は話半ばで席を立ってしまい、あづさも慌てて晴明のあとを追って牛車に乗り込んだ。

しかしそれからも晴明は特に道綱については話してくれず、なんだか胸の中がもやもやしてしまった。

それでも道綱の事ばかり気にしていたら、聡いだけでなく霊力のある晴明にはすぐに道綱への想いがばれてしまいそうで、けっきょくあづさから話を切り出す事はできなかった。

「あづさよ、私の許で修行をして何年目になる？」

「今年で六年目です」

「そうか、もうそんなに経ったか……」

なんだか感慨深げに呟いた晴明は、改めてといった様子であづさを凝視めてくる。

まるで親が成長した我が子の姿を見るような目つきであづさを見る晴明が不思議で首を傾げたが、ただ目を細めて微笑まれただけだった。

「藤の花もそろそろ見納めか」

「はぁ……」

確かに今は藤の花が満開だがそういう意味には聞こえずに、あづさはやはり首を傾げた。

しかし晴明は目を細めてあづさをじっと凝視めてくるだけで、なにを意味しているのかさっぱりわからない。

「やっぱり私はまだまだ半人前みたいです」

晴明の言わんとしている意味をはかりかねて悄然《しょうぜん》としていると、晴明はそんなあづさに優しく微笑む。

「そんな事はない。誰よりも異能の才があって、この私が一番目をかけているのだからもっと自信を持て。あづさに足りないのは実践ではなく、自分を信じる気持ちだな」

「自分を信じる気持ち……」

確かに自分にないのは自信なのは痛いほどわかり、あづさは気を引き締めた。

町に蔓延している赤斑瘡の呪術を祓う時も、きっと今以上に強い気持ちさえあれば、町の空気を清く祓う事ができると思うのだ。

「晴明様、私もっと精進《しょうじん》します！　どうかこれからもご指導よろしくお願いします」

元気いっぱいにお辞儀をすると、晴明は優しく目を細めてあづさを凝視めてくる。

怪異と立ち向かう時には厳しい顔つきになるが、普段は穏やかな晴明の一番弟子になれた幸せを噛み締めつつあづさも微笑み返し、晴明と共に牛車に揺られ、一条戻り橋《いちじょうもどりばし》の近くにある屋敷へと戻っていった。

◇◇◇

賀茂祭の最中ばかりは、晴明も帝に呼び出されない限り休日になる。

その恩恵に預かり、晴明の屋敷の一室を与えられているあづさは、久しぶりにゆっくりと目覚めて毎日欠かさない禊ぎと町に蔓延している赤斑瘡の呪術を祓う依代を飛ばして、その後は昼間から贅沢《ぜいたく》にも髪を洗い、先月道綱に買ってもらった藤の花が彫られている櫛で長い黒髪を梳いていた。

晴明から伽羅《きゃら》のひと欠片をもらい受け、それを椿油に浸した香油で髪を梳くと、蕩《とろ》けるように甘い香りがするのがお気に入りだ。

それに道綱から贈られた黄楊櫛はまだ香油がそれほど染み込んでいないにも拘《かかわ》らず、公家の女性が持っていてもおかしくないほど高価な代物という事もあり、もう既に僅かな艶が出てきている。

使い込めばさらにいい色艶になるに違いなく、代々受け継げるほどの櫛になるだろう。

(陰陽巫女の私が子孫を残す事はないけれど)

とは思ったものの、歩き巫女をしていた母も父と出会って夫婦となった事を考えると、いつか自分も誰かと夫婦になる日が来るのだろうか？

もちろん心から慕っているのは、道綱ただ一人だ。

しかし氏もない自分が藤原の氏を持つ道綱と、夫婦になれるなどとは思っていない。

だとしたら誰か他に、人生を共に歩んでいこうと思える相手が出てくるのだろうか？

それとも一生独身を貫き通して陰陽巫女として生きていくのか——。

（……先読みをしてみようかしら？）

自分の未来を先読みした事はないが、将来を考えたら気になってきて、あづさは髪を梳く手を止めてその場に正坐をした。

そして精神統一をして静かに目を閉じ、自らの未来へと意識を飛ばした。

夢現を彷徨《さまよ》っているような感覚と共に朧気《おぼろげ》ながらも、頭の中で幸せそうな男児の姿が見え、そして楽しそうな笑い声も聞こえてきた。

男児は蝶々を追う遊びをしていて、それを生まれたばかりの女児を抱いて渡殿《わたどの》に腰掛けて微笑ましげに凝視めているのは自分だと自覚した瞬間、視点がその自分へと移った。

花が満開の藤棚の下で蝶々を追う男児を見守っている自分が、公家の奥方が着る小袿《こうちぎ》を身に纏い、さらに女児を抱いている事に驚いたが、呼ばれて振り返った先には愛する——。

「……っ！」

将来の夫をよく見ようとしたのがいけなかっ[illegible]か、そこではっと我に返ってしまい、現実へと戻ってきたあづさは先読みが失敗した[illegible]った。

（私ったら、雑念が入ったんだわ……）

公家に嫁入りをして小袿を着ている自分を想像するなんて、あまりにも大それた妄想もいいところだ。

（平民の私が公家に嫁入りするなんて、ありもしないのに）

自分のいいように意識を飛ばしてしまうなんて、まだまだ半人前な自分を反省して悄然としていると、その瞬間に道綱が来訪した事を告げる声が聞こえた。

出迎えをしようかとも思ったが、たった今あまりに変な妄想をしてしまって気分が乗らなかった事もあり、なにより道綱は晴明に真面目な相談事をしに来たのだ。

そこへあづさが出しゃばっても話の邪魔をしてしまうかもしれないので、部屋でおとなしくしている事にした。

（そんなつもりはなかったのに、公家の女性に憧《あこが》れていたのかしら？　なれる訳がないのに、私ったら……）

先ほど意識を飛ばして視《み》てしまった幸せそうな自分と、蝶々を追う男児を思い出すだけで頬が火照ってしまい、あづさは庭から吹いてくる風に当たった。

（将来、誰かと夫婦になりたい密《ひそ》かな願望があったのかしら？　それに後継ぎの男の子や女の子を抱いている様子まで思い浮かべるなんて、相当雑念が溜まっているんだわ）

頭に浮かんだ妄想を振り払う事ができなくて、雑念を祓う為にも再び禊ぎをしようかと思案していると、庭の空間が歪んで人間の形を取った狐斗が姿を顕した。

「喚んでないわよ、狐斗。どうして勝手に出てくるの！」

あづさの式神のくせに勝手に顕現した事を怒ったが、狐斗は平然としたもので二叉に分かれた尻尾を振りながら、あづさに近づいてきた。

そして隣にどっかりと座り込み、蒼い瞳を細めてあづさを凝視めてくる。

「あづさには喚ばれてないが、晴明様に喚ばれた」

「そうなの？」

あづさの式神ではあるが、狐斗は晴明にも使役《しえき》される事を承諾していた。

霊格の高い晴明には狐斗も逆らえないようで、あづさの命令より晴明の命令をよく聞いているふしがある。

どうやら狐斗の中ではあづさは守るべき存在として位置づけられているらしく、晴明は使役する側の人間として認めているようだった。

それはそれで式神の主としてどうかとも思うが、まだまだ半人前な自分を自覚したばかりの今は、それも仕方がないとふとため息をついた。

「なにかあったのか？」

「な、なにもないわ」

ようやく頬の火照りが退いてきたのに狐斗が頬を包み込んできて、あづさは動揺を隠せずに目を逸らしたのだが、それがいけなかった。

「俺に言えない事なのか？　昔はなんでも話してくれたのに寂しいぞ」

「ちょっ……狐斗!?　重いったら〜！」

おもしろくなさそうな顔をした狐斗に覆いかぶさられて、床に寝転がってしまった。

すると狐斗は首筋に顔を埋めながらあづさの胸に手を置き、狐の姿の時と同じようにじゃれついてきた。

「もう、狐斗ってば！　くすぐったいわ！」

緋色の袴を乱しながら足をばたつかせて抵抗したが、狐斗はあづさをぎゅっと抱きしめて離れようともしない。

それが狐斗なりの愛情表現だとわかってはいるものの、人型を取っている時に抱きしめられるのは、年頃になってからは少々恥ずかしさがあった。

それでも子供の頃から慣れ親しんだ狐斗の温もりに包まれていると安心できて、あづさも暴れるのはやめておとなしくしていたのだが、そこではたと気づいた。

「ところで晴明様の用事ってなんだったの？」

「あぁ、晴明様が正殿の客間で道綱と話してて、あづさを呼んでくるように頼まれてた」

「もう、それを先に言いなさいよっ！」

「いって〜！」

狐斗の腕を振り払って起き上がったあづさは、髪の乱れを櫛で梳いて身なりを整えた。

それを寝転がったままの狐斗は、おもしろくなさそうに凝視めていて――。

「なんだよ、別に急いでもなさそうだったし、そんなに慌てなくてもいいじゃないか」

「そういう問題じゃないわ。お二人に呼ばれているのに、肝心な事を伝えないでじゃれついてきて！　しばらく喚ばないから狐斗は戻って」

「ちぇっ、わかったよ！」

真面目な話をしている筈の二人に呼ばれているあづさは、拗《す》ねて消えていった狐斗には構わずに廂《ひさし》を歩き正殿の客間へと急いだ。

そしてようやく客間に辿り着き、御簾の向こうで向かい合っている二人にお辞儀をした。

「晴明様、道綱様、遅くなりました」

「あぁ、来たかあづさ。こちらへおいで」

「はい」

晴明に呼ばれて御簾の中へ入ると、道綱はいつもと変わらぬ笑顔を浮かべてくれた。

宮中で会う時より気を許している様子な事もあり、あづさも微笑んだ。

「なんだ、休みの日でも巫女装束なのか？」

「こちらのほうが落ち着くんです。ようこそいらっしゃいました、道綱様」

改めてお辞儀をすると道綱はしっかりと頷き、それから晴明にまた向き直った。

その様子からまだ真面目な話が終わっていない事を察したあづさも気を引き締めて黙っていると、晴明がこちらを向く。

「あづさ、道綱殿の力になりたいと思うか？」

「それはもちろん、道綱様の為でしたら微々たる力ですがお役に立ちたいです」

道綱の役に立つ為に生きてきたと言っても過言ではないあづさが即答すると、晴明はしっかりと頷いて目を細めた。

「ならばよしとしようか。あづさよ、今日から道綱殿の屋敷へ戻るように」

「え……」

「道綱殿の屋敷に怪異が起きていて、物の怪も顕れるそうなんだ。誰かが道綱殿へ呪詛《じゅそ》を掛けているところまでは私も読めたが……」

道綱に呪詛を掛けている相手が目眩《めくら》ましの術を用いているようで、視ようとしても攪乱《かくらん》しているとの事だった。

「道綱様に呪詛を掛けて命を狙っているうえに、晴明様を攪乱するだなんて……」

「視ようと思えば視られない訳ではないが、小賢《こざか》しい術なので少々煩《わずら》わしい。なのであづさには本日より道綱殿の屋敷へ帰り、掛かっている呪詛を元から絶ち切って、道綱殿の命を守る任務を命ずる」

それに伴い晴明の助手の仕事は暇を出すとまで言われてしまい、あづさは戸惑いながらも晴明と道綱を交互に見上げた。

道綱の役に立てるのは嬉しいし、最愛の道綱に呪詛を掛けている敵と対峙《たいじ》するのもいい。

しかし視るのは得意でも攻撃はあまり得意でない自分で役に立てるのか心配なのと、ある程度の術が使えるほどの道綱でも手こずる相手に自分が勝てるものか悩んでしまった。

「ですが私でいいのでしょうか？　攻撃に特化した陰陽師に任せたほうが適任では……」

「いかにもな陰陽師がうろついていたら敵も警戒するだろう。だが女のあづさなら敵も油断する。それにあづさなら道綱殿に懸想《けそう》して屋敷へ帰ったというふうにも見えるし、それも当たらずとも遠からずだしな？」

「な、なにを仰っているんです、晴明様！　私はそのような事は決して……！」

よりにもよって道綱の前でとんでもない事を言う晴明に慌てて、あづさが取り乱して落ち着きなくしていると、晴明はおもしろそうに笑った。

「なに、ほんの冗談だ。だが道綱殿が呪詛で煩わしい思いをしているのは事実。あづさよ、どうする？」

「あづさ、俺の許へ来てくれないか？」

「……道綱様は私のような半人前でもよろしいのでしょうか？」

おずおずと見上げて道綱の真意を探るように凝視めると、道綱は真剣な眼差しで頷き、あづさに向き直った。

「あづさでなければ俺がいやなんだ。どうか俺の許へ帰ると言ってくれ」

「妙案を思いついてあづさを望んだのは道綱殿だ」

「道綱様が？」

女のあづさが道綱の許へ行くという案は、てっきり晴明が考えついたのだと思い込んでいたが、道綱本人が持ちかけてきたとは思わなかった。

つい見上げると道綱はどこか落ち着きなくあづさを凝視めていて、あづさがいい返事をする事を心待ちにしている様子だった。

「私としては道綱殿からあづさを預かり、立派な陰陽師としてあづさを育て上げた自負がある。そろそろ自信を持って道綱殿の許へ帰るのにいい頃合いだと思うが？」

「晴明様……」

暗《あん》に晴明がそろそろ自らの許から巣立てと言っているのがわかり、少々心許ない気分になったが、確かにひととおりの技術を身につけた自分にないのは自信のみだ。

それさえ克服すれば道綱の役に立てると思えば、他の陰陽師に役を譲《ゆず》るのはもったいなさすぎるし、なにより道綱の苦境を救えずに、今まで晴明の許でいったいなにを修行してきたのかというものだ。

「わかりました。謹《つつし》んでそのお役目、お受けいたします」

礼儀正しく一礼してから顔を上げたあづさは、二人に向かっていつものように明るい笑顔を見せた。

それを見た道綱はほっとしたように微笑み、そして晴明はどこか少し寂しげではあったものの、やはり目を細めて微笑んだ。

「あづさが帰ってきてくれるなら、これ以上に喜ばしい事はない」

「では今からさっそく出立の用意をするといい。泣いて出戻ってきても屋敷には上げぬから、その覚悟で用意するのだぞ」

「はい、晴明様。今までお世話になりました」

晴明に向かって座り直したあづさは、今までの恩義を感謝するように深々とお辞儀をしてから、顔を上げて晴明にしっかりと頷いた。

その意気込みに溢れた表情を見て晴明は安心したように微笑み、それから顔を引き締めてあづさの紅がかった茶色の瞳を凝視める。

「どこへ行こうがどんな状況になろうが、私があづさの師である事に変わりはない。自信を持って立ち向かっていくのだぞ」

「はいっ！　必ずや道綱様を守ってみせます！」

元気に返事をするあづさを見て微笑む晴明と道綱に一礼をして、それからあづさは自分の部屋へと戻って荷造りをした。

といっても持っていく物は母の形見の梓弓と道綱にもらった黄楊櫛、それに晴明からもらった伽羅入りの香油と僅かな着物程度だ。

それらを荷造りしてから今までの感謝を込めて部屋を清め、再び客間へ戻るとそこには道綱の姿は既になく晴明だけが残っていた。

「晴明様、支度が調いました」

「そうか……道綱殿は牛車でお待ちだ。早く道綱殿の許へ行くがいい」

「晴明様、今までご指導くださってどうもありがとうございました。晴明様が先ほど仰ってくださったように、どこへ行ってもどんな状況になっても、私も晴明様の一番弟子だという事は変わりありません。困った時にはあづさをすぐにお呼びください」

深々とお辞儀をしてからにっこりと微笑むと、晴明は苦笑を浮かべつつもあづさの頭を愛おしそうに撫でてきた。

「言うようになったものだ。この晴明の名に恥じぬよう道綱殿の許へ行ってもその笑顔を忘れぬように息災でな」

「はい、晴明様も……どうかお元気で……」

笑顔を浮かべながらも可愛がってもらってきた六年間を思い出すと泣けてきて、目尻に涙を浮かべると晴明はその涙を拭ってくれた。

厳しい修行についていくのに必死だったが、今となっては優しい晴明しか思い出せずに涙を溢れさせるあづさに、晴明はまた苦笑を浮かべてあづさを腕の中に抱きしめてくれた。

あづさも抱きついて本格的に泣き出すと、晴明はあやすように背中をさすってくれる。

「泣くな、永久の別れではない」

「はい……ですがどうしてだか涙が止まらなくて……」

「可愛い一番弟子を手放すのは私も惜しいが、元々は道綱殿より預かったまでの事。いつまでもこの手に留めておく訳にもいかない。再び道綱殿の許へ戻って役に立ちながらも可愛がってもらうのだぞ。さぁ、もう泣かずに行くがいい」

「わかりました……晴明様、本当にありがとうございました。必ずや道綱様のお役に立って、さすが晴明様の一番弟子と言われるような陰陽巫女になります」

涙を拭いつつ笑顔を浮かべると、晴明は頷いて気合いを入れるように背中を叩いてきた。

おかげで涙も引っ込んだあづさはまた深々とお辞儀をすると、あとはもう振り返らずに道綱が待つ牛車へと乗り込んだ。

「晴明殿との別れは済んだのか？」

「はい、お待たせいたしました」

「泣いたようだな。晴明殿と引き離す俺を恨んでいるか？」

涙は乾いていたものの道綱には気づかれてしまったようだ。頬を包み込まれ、あづさは真っ赤になって長い睫毛を伏せた。

「……可愛がって頂いた事を思い出して少し泣いてしまいましたが、永久の別れではないと晴明様に仰って頂きましたし、道綱様のお役に立つ為に今まで修行してきたんです。ですから恨んでなどいません。むしろとても嬉しいです」

胸の鼓動がうるさいがそれを隠して微笑むと、道綱も微笑みながらもしっかりと頷いた。

「俺もあづさが屋敷へ戻ってきてくれて嬉しい。よく決心してくれたな」

「え……」

それはいったいどういう意味なのか計りかねて道綱を見上げたが、ふと微笑まれて頭を撫でられただけだった。

「道綱様……」

「荷物はそれだけか？」

「はい、どれも大切な物ばかりです」

「ならば我が家へ帰ろう」

「はい！」

元気に返事をすると道綱は牛車を出すよう促して、いよいよ晴明の屋敷から離れた。

門扉《もんぴ》を出る瞬間は少し寂しい気もしたが、これから大好きな道綱を苦境から救うのだと思えば身が引き締まった。

なにより師である晴明の名に恥じぬよう敵を打ち負かさねばならないとあって、あづさの目には確固たる決意が漲《みなぎ》っていた。

◇◇◇

「あづさ、着いたぞ」

道綱に促されて牛車から降りたあづさは、荷物を抱えて昔住んでいた下女の住む別殿の方向へ歩き出そうとしたのが、それを道綱に止められた。

「どこへ行くつもりだ？」

「もちろん、以前住まわせてもらっていた別殿です」

人のいい下女たちが暮らす別殿は大部屋ながらもそれはもう賑やかで、久しぶりに会う下女たちと再会するのを楽しみにしていたのだが——。

「俺を守るのに別殿で暮らすのはどうかと思うぞ？　いざという時にすぐに駆けつけられないだろう」

「それはそうですが……」

「それに陰陽師というそれなりの地位についたあづさを、別殿に住ませる訳にはいかない。今日から俺と一緒に正殿で暮らせ」

「正殿でです、か……？」

地位などまったく気にしていなかったあづさにとって正殿へ住む事自体、恐れ多かった。

それにいくら道綱を守る為とはいえ、二人きりで正殿に住むのに恥ずかしさもある。

「俺を呪詛から守ってくれるのだろう？」

「もちろんです」

「ならば正殿に住まなければ意味がないではないか」

正論ではあったものの、やはり男女が同じ家屋に住むのは抵抗がある。

それでも道綱に平然と言われると意識しているのは自分ばかりのような気がして、遠慮がちに正殿へと上がった。

「さぁ、早くこちらへ来い」

「はい。あの……お邪魔します」

道綱に連れられるまま部屋へと入り、昔と変わらない正殿を見まわして懐かしく思いながらも、あづさは気を研ぎ澄ませた。

すると鬼門となる艮《うしとら》の方角と裏鬼門となる坤《ひつじさる》の方角から、確かに澱んだ気配を感じて、あづさは表情を硬くした。

「まずは麦湯で一服しよう」

「いいえ、私は遠慮します。それより先に屋敷を見まわらせてください。狐斗！」

澱んだ気を感じたのに一服している場合ではなく、狐斗を喚び出した。

すると白狐の姿で顕現した狐斗は、道綱を一瞥《いちべつ》してからあづさの身体にまとわりつく。

「不浄な気配がしてあづさにくっついてないと胸が悪い。よくもこんな屋敷で平気で暮らしてたな、道綱」

「平気ではないからあづさを晴明殿の許から呼び戻したんだ」

「ふん、そういう事にしておいてやろう」

道綱と対等に話しながらも、狐斗は不浄な気が不快なのか、ぶるりと身を震わせて毛を逆立てる。

そんな狐斗の背を撫でてやり、あづさは道綱に一礼した。

「では私たちは屋敷を見まわってきます。それまでどうぞごゆっくりしていてください」

「気をつけるんだぞ」

「もちろんです。行くわよ、狐斗」

「俺はまだあづさが軽くあしらった事を忘れてないからな」

狐斗は晴明の屋敷での事をまだ根に持っているらしくぶつぶつ言っていたが、あづさは気にせずに、まずは正殿の鬼門の方角にある部屋へと向かった。

するとそこは外の明かりが入ってきているにも拘らずどこか薄暗く、部屋の隅には黒い靄《もや》がいくつも見えた。

しかしよく見ればそれは黒い靄ではなく、部屋の隅に顕れると言われている物の怪の土《つち》塊《くれ》で、もやもやとして形らしい形を取らずに不気味に蠢《うごめ》いていた。

「昼間から見えるなんて想像以上だわ。早く祓わないと……」

あづさはすぐさま精神統一をして柏手《かしわで》を二回打つと、懐から土塊の数だけの依代を取り出して、部屋の隅に蔓延《はびこ》る土塊に向かって飛ばした。

半紙を人型に切り取った依代はあづさの清浄な気に操られ、すべての土塊に向かって一直線に飛んでいき土塊の中心へ突き刺さった。

その瞬間に土塊は同時に霧散《むさん》するように消え去り、依代は土塊の不浄な気を吸い取って真っ黒になり、ただの紙切れに戻ってひらひらとその場に落ちた。

「ふぅ、狐斗、あとはお願い」

「承知」

不浄な気を吸い取った依代を狐斗は口に咥《くわ》えたかと思うと、それを牙で突き刺した。

そして燃えるような紅い気をたち上らせ、依代を一瞬で燃やす。

そうしてすべての土塊を一掃《いっそう》すると、あづさはほっと息をついた。

「あとはこの場を清めればいいわ」

あづさはまた柏手を打ってその場の空気を清め、祓いの文言を唱えると鬼門封じの札を部屋の目立たない場所に貼った。

するとその途端に部屋は本来の明るさを取り戻し、清々しい風が吹き抜けていく。

その事で祓いが成功したのを知り、あづさはにっこりと微笑んだ。

「ここはこれでいいわ。次に行くわよ」

「今日はやたらと忙しいな……」

「やり甲斐《がい》があっていいじゃない」

そうしてあづさは裏鬼門の他にもすべての部屋をまわって、狐斗と共に物の怪を祓い清めていき、下女が住む別殿と従者が住む別殿も清めて物の怪がいない事を確認してから藤の花が満開の庭へと出た。

「綺麗……」

藤棚に咲いている美しい藤の花をしばらく眺めていたあづさは、その甘い香りにうっとりとしていたのだが――。

その時ふいに未来の自分を先読みして、気がついた時には妄想に耽《ふけ》っていた自分を思い出してしまった。

あの時はこれと似た見事な藤棚の下で、可愛らしい男児が蝶々を追っていた。

幸せそうに女児を抱き、それを見守る小袿を着た自分を思い浮かべるだけで、また恥ずかしさに頬が熱くなってきて両手で覆い隠した時だった。

「あづさっ！」

「え……」

道綱と狐斗の切迫した叫び声が聞こえたかと思った瞬間、あづさめがけて黒い矢のような鋭い物が飛んでくるのが見えた。

咄嗟の事に動けずにいたのだが青白い閃光が黒い矢を弾き、それを跳び上がった狐斗が誰もいない場所へ蹴りつけた。

「大丈夫か、あづさ！」

「え、えぇ……すみません。気を抜いてました……」

藤の花に見とれてほんの一瞬気を抜いただけだったのに、狙われた事に驚いて道綱と狐斗が弾いてくれた黒い矢のような物を改めて見てみれば、ただの紙でできた依代だった。

しかしその依代からは黒い瘴気がたち上っていて、触れるのも躊躇《ちゅうちょ》するほどの邪気に満ち溢れている。

「これは俺が預かる。昼間でも土塊が出るくらいだ、気を引き締めろ」

「わかったわ、どうもありがとう」

狐斗は忠告するだけしてから、邪気に満ちた依代を口に咥えて消えていった。

「怪我はないか？」

「はい、大丈夫です。申し訳ありません、また道綱様に助けて頂いて……」

「気にするな。それより陽も傾いてきた。家の中へ戻ろう」

道綱に守られるようにして正殿へ戻ったものの、あづさは悔しさでいっぱいだった。

気が逸れたほんの一瞬を狙って敵に襲われた事もそうだが、道綱の役に立つ為に来たのにその道綱に助けられるなんて、まったく成長していない自分の不甲斐《ふがい》なさに歯噛みしたい思いだ。

「敵は目がいいようです。晴明様の目を眩ますほどですし、なかなか侮《あなど》れません」

姿は見られていないにしろ鬼門と裏鬼門を封じたあづさへ向けて、道綱に呪詛を掛けた敵からの宣戦布告だったのだろう。

いち早く勘づいた敵の素早い行動に、あづさは改めて気を引き締めた。

「もう二度と気を抜きません。本当に申し訳ございませんでした」

「あづさが無事ならそれでいい。それよりあまり根を詰めずに一緒に夕餉《ゆうげ》を食べよう」

「ですが……」

夕闇が迫ってきたら敵がさらに活発化しそうで、呑気《のんき》に夕餉を食べている場合ではないと辞退しようと思ったが、道綱におでこをつつかれてしまった。

「食べずに敵と対峙しようとしても力が出ないぞ。まずはしっかりと食べて力をつけろ」

「……わかりました」

夫婦でもない男女が一緒に食べる事に抵抗はあったものの、道綱に窘《たしな》められてしまっては断れなかった。

そしてあづさは夕餉の支度ができるまでの間、道綱がどんなに気を紛らわそうとしても、己の不甲斐なさにずぶずぶと落ち込んでいたのだった。

◇◇◇

「あづさ、夕餉の支度ができたようだ」

「はい……」

まだ先ほど敵に出し抜かれた事を気にして落ち込んでいたあづさは夕餉の席に着き、目の前に並ぶ食事を見て落ち込んでいたのも忘れて驚いてしまった。

前出にお吸い物とたらの芽の酢の物、白瓜の漬け物に筍《たけのこ》のおひたしまでは一汁三菜として晴明の屋敷でもこの季節ならではの夕餉としてよく供《だ》されていたが、道綱の夕餉にはそれに加えて雉《きじ》や山女魚《やまめ》の塩焼きまであり、宴でもないのに御酒《ごしゅ》がたんと用意されていた。

「……道綱様は普段からこんなに豪華な夕餉を食されているのですか？」

「今日はあづさが戻ってきた祝いで特別だ。あづさもつき合え」

そう言ってお銚子を手にした道綱にかわらけを差し出されて、あづさがそれをおずおずと手にすると、道綱は御酒をなみなみと注ぎ、自分のかわらけにも酒を注いだ。

「よくこの道綱の許へ帰ってきてくれた。感謝するぞ、あづさ」

「感謝だなんて……私は道綱様のお役に立つ為に今まで晴明様の許で修行を積んできたんですもの。これからは私が道綱様を守っていきます」

「それは心強い」

真面目に言ったのに真剣に聞いているのかいないのか、道綱は微笑みながらかわらけをぐいっと呷《あお》り御酒を一気に飲み干した。

それに合わせてあづさもかわらけを傾けて甘い御酒をゆっくりと飲み干し、道綱が料理に箸《はし》をつけてから強飯とお吸い物、それに山菜や野菜を少しずつ食べて、道綱に勧められるまま甘い御酒を飲んでいたのだが――。

「あづさ、もっとつき合え」

「これ以上飲んだら目がまわってしまいます」

「なんだ、意外と弱いな」

もうなん杯目になるかわからないほど御酒を飲んでしまい、あづさは頬と言わず全身を桜色に染め、酔いに目を潤ませて困ったように道綱を見上げた。

そんなあづさを見て笑った道綱は、御酒を自ら注いで飲み干してはまた新たに注ぎ、けっきょくお銚子を三本も空にした。

それでも道綱は顔に出ない体質らしく、口調もしっかりとしていて酔っている形跡はまったく見られない。

それに引き替えあづさはほどほどの酒で全身が火照るほど熱くなってしまい、巫女装束を着ているのも煩わしいくらい熱くて熱くて仕方がなかった。

「道綱様、とても熱くなってしまいました……風に当たって酔いを醒《さ》ましてきます」

「そうか？　ならば俺も夕餉は終えて行水をしてくる。だが敵がまた襲ってきては面倒だ。狐斗を喚び出して見張りに立てて庭へは決して出るなよ？」

「わかりました」

素直に頷いて、少しおぼつかない足取りながらも本殿の前出へ座り込んだあづさは、夜風に吹かれ、満月が浮かんでいる夜空を見上げてほっと息をついた。

(昼間にある程度祓ったし鬼門除けの札も貼ったし、星の位置もいいし、なにより満月なら物の怪が出る事はないわ)

陰陽道で月の満ち欠けはとても重要で、満月は陽の気と捉えられ、月光を嫌って物の怪も闇に潜《ひそ》むと言われている。

あとは敵がなにか仕掛けてこない限り、今夜は特になにも起きないだろう。

(でも、気を抜いたらだめ。あんな失敗、もう二度としないんだから……)

ほんの少し気を抜いた瞬間を狙いすますように襲われて、道綱と狐斗に助けられた事を思い出すと、今でも悔しさに歯噛みしたくなる。

師である晴明にも顔向けできないとあって、あづさは酔っていながらも気を引き締めた。

「……狐斗、ここへ来て」

しかしまだまだ酔いが醒めないあづさは、万全を尽くす為にも狐斗を喚び出した。

すると空間が歪んで人型を取った狐斗が姿を顕し、簀子の高欄《こうらん》にもたれかかるあづさを見て少し呆れたように息をつきながらも、横に座り込んで顔を近づけてくる。

「あれだけ気を引き締めろと言ったのに、気が緩んでるぞ」

「そんなつもりないけれど……そう見える？」

「見える。それに酒を飲んだな？　ずるいぞ、俺も飲みたい」

そんなつもりはなかったが酔ったせいで気が緩んでいるとは、もう少し酒に強くならなければとぼんやり思っていると、鼻が利く狐斗があづさから酒の甘い香りを嗅《か》ぎ取り、尻尾を振って催促してくる。

「御酒は道綱様が飲んじゃったから、もうないわ」

「ちぇっ、なら匂いだけで我慢するけど、今度は俺にも飲ませろよな」

「ちょっと、くすぐったいわ狐斗！」

いつもの如く狐斗に押し倒されて、あづさは逞しい腕の中へ閉じ込められた。

そして狐斗は御酒の匂いを探るように、頬や首筋をぺろぺろと舐めてくる。

「ちょっと、やだ。ん……うふふ、舐めても御酒は出てこないわよ」

それがくすぐったくてあづさはくすくす笑いながらも、力の入らない腕で狐斗を引き剥がそうとしたが、酔いがまわっている状態では狐斗から逃れられずに、肩を竦める事で抵抗していると――。

「あづさ……」

「え……？」

いつになく真面目な声で呼ばれて見上げてみれば、狐斗は蒼い瞳を潤ませてあづさを思い詰めたように見下ろしていた。

「どうしたの、狐斗……？」

酔いのせいで少し視界がぼやけていたが、それでも狐斗が心配で凝視めていると、低く唸《うな》った狐斗が首筋に顔を埋めて本格的に覆いかぶってきた。

「ちょっ……重いわ、狐斗！　苦しいったら！」

袴の裾が乱れるのも構わずに抵抗したものの、じゃれつく時とは少し違うように感じて、あづさは戸惑いながらも狐斗を引き剥がそうとした。

しかし狐斗は首筋をべろりと舐めたかと思うと、白小袖に覆われた双つの乳房に顔を埋め、袴の切れ込みの中へ手を潜《もぐ》り込ませようとしてくる。

「や、いや……狐斗！　なに、なにをしようと——やめなさいっ！」

主として言霊《ことだま》をぶつけると狐斗はびくん、と身を竦めて、息を乱しながらもようやく不埒な行動をやめた。

それでもまだあづさの上に覆い被さったままではいたが、あづさに強く睨まれて耳をしょんぼりと下げ、少し拗ねた顔で凝視めてくる。

「私たち友達でしょう？　どうしていきなり変な事をしようとしたの？」

「……道綱にあづさを奪われるのがいやだった」

「ばかね、道綱様が私のなにを奪おうとしているって言うのよ」

狐斗の見事な銀髪を撫でながら苦笑を浮かべたが狐斗はますます拗ねた顔になり、今度はあづさの負担にならない程度に甘えて抱きついてきた。

「わかってないのはあづさだけだ。清いにもほどがある。俺には道綱が考えている事がわかりすぎるほどわかる。だから……」

「だから？　式神の分際で主を襲ってもいいとでも思っているのか？」

その時ふいに狐斗の声へかぶせるように道綱の不機嫌そうな声が聞こえて、あづさは声のした方向を振り返った。

見れば行水から帰ってきた道綱は、生成《きな》り色の小袖に綾が美しい紫緯白《むらさきぬきしろ》に八藤丸《やつふじのまる》の紋が入った袴姿という、しゃれていないながらも気を許した姿で、折り重なるあづさと狐斗を冷たく見下ろしていた。

「ちょっと狐斗、どいて！　失礼しました道綱様、すぐに下がります」

道綱の就寝姿を見てしまったあづさは酔いも吹っ飛ぶほど驚いて、頬を染めながらも狐斗を押し退けて一礼をすると、すぐさまその場から立ち去ろうとした。

しかし道綱とすれ違おうとしたところで腕を掴まれてしまい、気がついた時には道綱の逞しい胸の中へ閉じ込められていた。

「……道綱様？」

抵抗もできずにそっと見上げると、道綱は厳しい表情であづさをじっと凝視めていて、その視線の強さに耐えきれなくなった。

しかし俯こうとしたところで顎《あご》を持ち上げられて、道綱を凝視める事を強要される。

「あづさ、狐斗がなにをしようとしていたのかわかっているのか？」

「……ただいつものようにじゃれついていただけです」

「俺にはそう見えなかった。あづさの操《みさお》を奪おうとしているように見えたが？」

真意を探るように目を細められ、あづさはこれ以上ないというほど真っ赤になった。

それにはっきりと言葉にされてしまうと、今さらながらに身の危険を感じた事が思い出されて、なにも言えなくなってしまった。

確かに狐斗は、ただじゃれついてきた訳ではなかった。

巫女装束を乱そうともしたし、肌に直接触れてこようともした。

しかしそれは寸前であづさが言霊をぶつける事で阻止できたし、落ち着いて話を聞いてみれば狐斗も反省している様子が伝わってきたし、なにも問題はないように思えるのだ。

だがそう反論してみても道綱が納得しないのもわかって言葉を探しあぐねていると、道綱に抱きしめられたままでいるあづさを黙って見ていられなくなったのか、狐斗が唸りながら威嚇し始めた。

「道綱、あづさに変な事をしたら許さないからな！」

「ふっ、おまえのように変な事などしない」

「ならばなぜあづさを離そうともしない！」

狐斗は蒼い瞳を光らせてさらに威嚇してきたが道綱は動じる事もなく、余裕の表情を浮かべて狐斗に見せつけるように、あづさをさらに強く抱きしめる。

「み、道綱様……」

その行きすぎた行動にあづさは戸惑いつつも抵抗を試みようとしたが、道綱はさらにぎゅっと抱きしめてきて、胸がどきどきと鳴り響くのを止められない。

いよいよ困り果てて見上げると、道綱は蕩けるように優しい笑みを浮かべてあづさだけを凝視めてきて――。

「なにも心配するな、あづさ。ただ……愛したいだけだ」

「……っ!?」

甘く低い声で囁かれたかと思った次の瞬間、道綱の顔が迫ってきた。目を瞑《つむ》った時には口唇がしっとりと塞がれていて、あづさはこれ以上ないというほど驚いた。

咄嗟に目を開いたが、藍色がかった瞳が間近で凝視めているのがわかりまた目を閉じると、道綱は角度を変えてあづさの口唇をそっと舐めては柔らかく吸ってくる。

「ん、ふ……っ……」

これがくちづけだという事は初心《うぶ》なあづさにもわかったが、実際にされてみるとこうも口唇が甘く痺れるような感覚がするとは思わなかった。

しかしなぜ道綱がいきなりくちづけをしてきたのか、あづさにはよくわからない。

ただ愛したいだけだと言われはしたが、自分が想っているように道綱もあづさを好いているというのだろうか？

公家の道綱が氏もないあづさを愛しているなんて、自分の都合のいいように聞こえてしまっただけではないだろうか？

そう否定しようとしても、熱心に口唇を吸われているうちにくちづけはどんどん深くなり、まともな思考を保つ事ができなくなってきた。

そしてただ道綱にされるがまま、くちづけを諾々《だくだく》と受け容《い》れていたのだが——。

「ふ……っ……」

息を止めているのもつらくなって空気を求めて僅かに口を開くと、まるでそれを待っていたというように道綱の舌が潜り込んできて、驚きに縮こまるあづさのそれを搦《から》め捕《と》る。

ざらりとしているのに柔らかな舌を絡められると、今まで以上に甘い疼《うず》きが湧き上がってきて、背筋にもぞくぞくと甘い痺れが走った。

「う、ん……っ……」

ちゅっ、くちゅっと淫らな音がたつほど舌を絡めては吸われているうちに、なぜだか腰や膝に力が入らなくなってきてその場にがくん、と崩れそうになった。

しかしいつの間にか道綱に腰をしっかりと抱かれていて、座り込む事はなかった。

その代わりに白小袖の上から乳房を包み込むように揉みしだかれてしまい、それに気を取られているうちに、さらに口唇を舐められ、震える舌をざらりと舐められては吸われ、思わずあづさも道綱の小袖に縋りつくと、髪を優しく撫でられた。

なんだかとても大切にされているような気分になって、思わずうっとりと身を任せるように縋りついたままでいると、道綱は白小袖に覆われた乳房を優しく揉みしだきながらもぷっくりと尖り始めた乳首を見つけ出し、指先で擦り上げてきた。

「あ……あん……ん、んふ……」

そこを弄《いじ》られると今まで以上にむずむずとした甘い疼きが湧き上がってきて、あづさはどうしていいのかわからずに身を竦めていたのだが、道綱に優しくくちづけられるとまた力が抜けてしまって、乳首をいいように弄られる。

「あん、ん……んふ……ん……」

もう自分で立っている事すらできなくなり道綱に必死になって縋りつき、乳首を弄られる度に身体をびくびくっと震わせていると、道綱は最後にちゅっと音をたてて口唇を吸ってから、ようやくあづさを解放した。

「は、ぁ……」

口唇が離れていった事には気づいたが、まだ口唇に触れられているような感触がした。

胸がどきどきして頭もぼーっとしてしまい、しばらくは現実に戻れずに逞しい胸に頭を預けていると、道綱はそんなあづさの髪を撫でながら勝ち誇ったように狐斗を見下す。

「どうだ？　まだほんのさわりだが、人間の睦《むつ》み合いとはこうやって相手の身体を温めて、徐々にその気にさせていくものだ。いきなり覆いかぶさってまぐあう事しか頭にない獣では真似できまい」

「ぁ、んんっ……狐斗……」

敏感になってしまった乳首と乳房を五指で揉みしだかれ肩を竦めながらも、道綱に厭《いや》みを言われてしまった狐斗が心配で、熱に潤んだ瞳で凝視めたが、狐斗は悔しそうな顔をしながらも、なにも言わずに消えていった。

「狐斗……っ！」

思わず道綱の腕から逃れて狐斗を呼び止めようとしたものの、すぐに引き戻されて頬にちゅっとくちづけられた。

「狐斗の心配より自分の心配をしたほうがいいのではないか？」

「え……」

「さぁ、夜も更けてきていい頃合いだ。共に着物を重ねよう」

耳許でそっと囁かれたが、それがどういう意味なのかわからずにただ道綱を見上げていると、くすっと笑った道綱がまるであづさを誘うように手を引いて、御簾で囲われ燈台がほの明るく灯《とも》る塗籠《ぬりごめ》へ引き込まれた。

そしてそこに二畳の畳が並んで敷かれているのを見るにいたって、道綱が一緒に眠るつもりなのがわかり、あづさは信じられない物を見るような目つきで道綱を見上げた。

「道綱様、お戯れが過ぎますっ。私は清くなければいけない陰陽巫女です」

「だからどうした。俺はあづさを愛していると言っている。あづさも俺を好いてくれているだろう？」

「そ、それは……」

確信しているように断言されてしまい、あづさは言葉もなく頬を火照らせた。

確かに道綱の事は誰よりも愛しているつもりだ。

しかし清い陰陽巫女の身でありながら道綱と一夜を共にしてしまったら、今まで必死に修行してきたすべてが無駄になってしまうかもしれない。

道綱の役に立つ事だけを願って修行してきたというのに、その道綱と同衾《どうきん》して能力がなくなってしまったら、いったいなんの為の修行だったのかと思うとやりきれない思いになり、それに今まで見守ってくれていた晴明にも顔向けができなくなってしまう。

「さぁ、あづさ。共に着物を重ねよう」

言いながら道綱が小袖を脱いで畳に広げるのを見て、着物を重ねるという意味が、男女の関係になるという事だとはっきりとわかってしまった。

そして燈台の明かりに照らされた道綱の逞しくも均整の取れた身体を見てしまい、あづさは羞恥に袖で顔を覆い隠した。

「ま、待ってください……道綱様の事は誰よりもお慕いしております。ですが清くあらねば私は朝廷で陰陽巫女を名乗れなくなるかもしれません。だから……」

「晴明殿はもう朝廷での助手は暇を出すと言っていたじゃないか」

確かに晴明には助手の任務を解かれてしまったが、いくら大好きな道綱に誘われたからといって、今まで守りとおしてきた操を簡単に渡すには抵抗があった。

「お願いです。考え直してください……私は清いままでいたいです」

「そんな事を言わずに俺の嫁になればいい」

「そ、そんな大それた事は……あぁっ!?」

動揺して背中を向けた隙に腰を背後から抱き寄せられて、気がついた時には白小袖の襟を左右に開かれた。

その途端に押さえつけられていた乳房が弾むようにまろび出てしまい、あづさは真っ赤になって両手で胸を隠した。

「禊ぎをしている姿を見た時から思ったが、本当に白くて美しい乳房だな……」

「いやっ……道綱様、お願いです。もう堪忍して……」

禊ぎを覗かれた時からそんなふうに思われていたのだと思うだけで、顔から火を噴きそうなほど真っ赤になってしまった。

「お願いです、道綱様……どうか考え直してくださぃ……」

「こんなに美しい乳房を見て止められるものか。桃色の乳首もぷっくりと尖って可愛らしいものだ」

「あっ、あぁん……！」

耳許で囁きながら背後から乳房を掬うように持ち上げられて、両の乳首を人差し指でじっくりと撫でられる。

その途端に甘く蕩けるような感覚がして、自分でも信じられないような甘えた声が口を衝《つ》いて出てしまい、あづさは咄嗟に口唇を噛んだが堪えきれるものではなかった。

「あん、んんっ……ぁ、あぁ……やめて、やめて道綱様、なにか変です……」

「変なのではない。乳首を弄る度に好い声があがるのは、感じている証拠だ」

「いやぁん……！　そ、そんな事は……あ、あぁん！」

首をいやいやと振って否定してみたが、指先で乳首を速く擦りたてられると、乳首を中心に今まで感じた事もないような、とても淫らな感覚が湧き上がってくる。

それが感じるという事なのだと理解したが、清い筈の陰陽巫女の身でありながら、こうもすぐに感じてしまうなんて。

いくら大好きな道綱に愛撫されているとはいえ、淫らな感覚を拾い上げてしまう自分の浅はかな身体が信じられない。

しかし道綱の長い指が乳首を掠めるように擦りたててくる度に、むずむずとくすぐったいような甘い感覚がどんどん湧き上がってきて――。

「あぁっ……あっ、あぁん……いや、いやぁん……道綱様、もうしないで……」

「そんなに甘い声をあげていてよく言う。あづさは敏感だな、桃色の乳首がもう淫らに色づいてきたぞ？　ほら、見てみろ」

「い、いやぁ……！」

思わず見てしまった乳首は確かにいつもより濃い桃色に染まっていて、あまりの淫らさに目をぎゅっと閉じた。

それでも道綱の指が乳首を捏《こ》ねるように円を描き、じっくりと弄っているのがわかって思わず背を仰け反らせたが、それがいけなかった。

「ふふ、自ら差し出してくるとは……もっと弄ってほしいのか？　よしよし、もっと気持ちよくしてやろう」

「あっ……だ、だめぇ……！」

柔らかさを確かめるように乳房を揉みしだかれたかと思うと、掬い上げるように持ち上げられて小さな乳首をきゅうぅっと摘《つま》まれた。

さんざん擦り上げられて甘く痺れていた乳首を少し強く摘まれると、より甘く感じてしまい、あづさはぴくん、ぴくん、と身体を跳ねさせる。

「あぁっ……あ、あぁん……道綱様ぁ……」

「あぁ、気持ちいいんだな」

「いやん、ち、ちが……」

勝手に納得している道綱に否定してみたが聞いてくれず、その間も道綱は乳房を揉みしだいては乳首を何度も何度も摘んでは軽く引っ張る淫らな遊戯を繰り返し、あづさから甘い声を引き出した。

「あん、道綱様……あ、あぁん……そのようにしてはいや……」

「そのようにとは？　こうやって乳首を擦るのがいやなのか？　それともこうやって乳首を摘むのがいやなのか？」

こうやってと言う度に乳首に触れるか触れないかという絶妙な触れ方で擦り上げたかと思うと、弄られる事に慣れていない初心な乳首をきゅっと摘み上げる。

「あぁん、いや、いやぁ……どちらもいやです……」

「いや、じゃなくて好いの間違いだろう。あづさの可愛い乳首は俺の指を気に入ったみたいだ。弄る度にこりこりと凝《しこ》って……食べてしまいたいくらい可愛い」

「いやぁん……！」

恥ずかしい事を言われながら乳首を指の間に挟み込むようにして乳房をまるで円を描くように揉みしだかれ、あまりの羞恥に神経が焼き切れてしまいそうだった。

しかし乳房をいいように弄られると、初心な身体はその度に反応を返してしまう。

清くあらねばならない陰陽巫女の分際で、こんなにも敏感に感じてしまう自分を許せなかったが、道綱はあづさが反応するのが嬉しいようで、喜んでいるのもわかった。

「あん、んんっ……私は朝廷に仕える陰陽巫女です……気を研ぎ澄ます為にも清くあらねばいけないのに、このように淫らな事をしないでくださぃ……」

「だからどうした。俺はあづさが陰陽巫女だろうが陰陽巫女でなかろうが構わない」

「そんな……！」

思わず振り返ると潤んだ目尻にくちづけられて道綱は微笑んできたが、ただの娘となってしまったら道綱の許にいられない。

そう思ったら悲しくなってしまい、なけなしの力を振り絞って道綱の腕から逃れた。

しかし乳房をさんざん弄られて腰砕けになっていたあづさは、道綱の小袖が敷かれている畳に倒れ込んでしまった。

するとすかさず道綱が覆いかぶさってきて、あづさは息を弾ませながら必死で抵抗した。

「いや、いやです……ただの娘になるのはいやです……！」

「どうしてそこまでいやがる」

「だって平民に戻ってしまったら道綱様をお守りできないし、私ごときが道綱様のお傍にいられません……！」

元は名もなき村に住んでつまはじきにされていた、ただの娘だ。

道綱の事は誰よりも想ってはいるが、ただ想っているだけでよかったのに、このように男女の仲になって、もしも異能がなくなって役に立てなくなったら、道綱は一気に遠い存在になってしまうに違いない。

そう思うと悲しくて恐くて涙を溢れさせると、道綱はふと愛おしげに微笑んであづさをそっと包み込んできた。

「先ほどの声は届いていなかったか？　陰陽巫女でなくても、俺はあづさを嫁に迎えると言ったのに」

頬にちゅっとくちづけてから宥めるように包み込まれ、あづさは驚きすぎて涙に濡れた大きな瞳を瞬かせた。

確かに先ほどから言われている事は覚えているが、本気で言っていたのだろうか？

「本当だ、あづさを正室《せいしつ》に迎え、それ以外の娘の所へ通う事はないと誓ってもいい」

「ですが……氏もない私を正室にだなんて……」

しかも他の妻妾《さいしょう》を持たないと誓うなんて、あまりにも恐れ多くて涙も引っ込んだ。

すると道綱は少し遠くを見るような目つきになり、ふと息をついてあづさの頬に顔を寄せてくる。

「俺の父は無類の女好きでな、次々と妻妾を作ってはその度に母が悲しい思いをしていたのを見てきた。子供の頃に目の前で両親が喧嘩をする姿を見て号泣した事もあった。だから俺は愛する女はただ一人にすると決めていた。その女があづさ、おまえだ」

顔を上げた道綱にいつになく真面目に名を呼ばれて、あづさは目を瞠《みは》った。

幼少時代の道綱を思うと不憫《ふびん》になり、そして正室しか迎えないつもりでいる理由もよくわかったが、いいのだろうか？

氏もない平民で歌も作れない自分のように、高貴な血筋でもなく雅やかさもない自分で本当にいいのだろうか？

「……道綱様は歌の上手い髪の綺麗な公家の女性には興味がないのですか？」

「歌で惚れる前に、気がついた時には元気に振る舞うあづさに惚れていた。今ではもう俺だけしか目に映さないあづさの一途《いちず》さが愛おしくて堪らない」

初心なあづさでもとても熱烈な告白をされているのがわかって、ただでさえ火照っていた頬がさらに熱くなった。

「あづさが幼い頃はただ兄のような気分で守るつもりでいたが、俺との約束を健気に守って上京してきた時にはあまりに美しくなっていて驚いたものだ。そして共に過ごすうちにますます美しくなるあづさに気がつけば恋をしていた」

「そんな……」

「本当の事だ。愛おしくなってよくあづさを見ているうちに、あづさも俺を少なからず想っている事に気づいてからは、いつか結婚を申し込むつもりでいた」

「それは……」

忍ぶように隠してきた道綱への想いを、まさか本人に知られていたなんて。

あまりの羞恥に目を逸らしたが優しく顔を戻されてしまい、凝視め合う形を取らされた。

「俺は本気だあづさ、結婚してくれるな？」

「道綱様……」

殊《こと》の外《ほか》真剣な顔つきで告白されて、あづさはあまりの嬉しさに瞳を潤ませた。

しかしまだ身分の差を乗り越えられずに戸惑う事しかできずにいると、道綱はふと息をついてまた乳房に触れてきた。

「あっ……」

「自らの気持ちに気づいた時から、晴明殿の許へ預けた事を後悔している自分がいた。しかし預けたからには呼び戻す事もできずにいたが……」

氏素性《うじすじよう》もわからぬ敵のおかげでこうしてあづさを呼び戻す事ができて、道綱がどんなに喜ばしく思っているかを真剣に伝えられて、胸の鼓動がどきどきと高鳴るのを止められなくなった。

「極めつけはあの禊ぎだ。あづさは清めているというのに自らの身体を撫でるあの場面が目に焼きついて、あの時からこのきめ細やかな肌にずっと触れたかった……」

「あっ……ん、道綱様……」

乳房をすっぽりと覆われたかと思うと、その柔らかさを確かめるように指を食い込ませてくる道綱に、それ以上どう反論していいのかわからなくなった。

お互いに想い合っているのならこのまま流されてもいいような気もするが、呪詛を掛けている相手から道綱を守りたい気持ちもまだある。

それでも正室に迎え入れてくれるとまで言っているのに、その申し出を蹴るのも惜しいと思ってしまう自分もいて心が千々《ちぢ》に乱れる。

そしてとうとうどうしていいのかわからなくなり、あづさはまた大粒の涙を溢れさせた。

「私も誰よりも道綱様をお慕いしております……正室に迎えてくださるというお話も、もったいないくらい嬉しいです。でも、道綱様を脅《おびや》かしている敵からもお守りしたくて……道綱様の想いをどう受け止めていいのかわかりません」

素直に自分の気持ちを吐露《とろ》すると、道綱は目尻に浮かぶ涙を吸い取っては頬を優しく包み込んでくる。

「そう思っているだけで充分だ。それに俺はあづさを穢すのではなく、愛したいだけだ」

「愛したいだけ……？」

「そうだ、ところであづさの母はあづさを産んでから異能をなくしたのか？」

頬にちゅっとくちづけながら訊かれて、あづさの涙はそこで引っ込んだ。

そういえば母はあづさを産んでもその能力を活かして村の田畑の収穫の吉凶を占い、式神のさやかも自在に操っていた事を思い出した。

「いいえ、母は私を産んでも能力を発揮していました」

「それはあづさの父が無理やり穢していたからではなく、お互いに愛し合っていたからではないのか？　俺はあづさが愛おしい。あづさも俺を好いてくれている。お互いに愛し合っているのならば能力は失われないに違いない」

「それは……」

道綱にいきなり身体を求められ、気が動転して清くあらねばならないと頑《かたく》なに拒んできたが、父に愛されていた母は、あづさを産んでも異能を発揮していた事をようやく思い出す事ができた。

「私も母と同じように道綱様と結ばれても異能を発揮できるのでしょうか？」

「愛し合っているなら大丈夫に違いない。さぁ、俺はもう待つ気はないぞ？　共に着物を重ねよう……」

道綱の言葉に僅かに気を抜くと、あづさの頬にちゅっとくちづけて身体を優しく包み込んできた。

「道綱様……」

おずおずと見上げるとふと微笑まれて、身体をそっと撫でられる。

とても大切にされているのがわかり、あづさも広い背中に恐る恐る手をまわすと、道綱も嬉しそうにあづさだけを凝視めてくる。

「愛している、あづさ。どうかあづさに触れる事を許してくれ……」

頬やこめかみにちゅっちゅっちゅっと軽くくちづけながら囁かれて、そのくすぐったいような感覚に目をぎゅっと瞑った。

訳がわからぬうちに無理やり奪う事だってできるのに、あづさの意思を尊重して待ってくれている道綱の優しさに気づいてしまったら、もうなにも躊躇うものはなくなった。

お互いの着物を重ねても道綱を守る事ができるのならば、それだけでいい。

「私も道綱様を誰よりも愛しております。どうか私を……あ、愛してくださぃ……」

まだ未知の経験に恐さはあったものの、広い背中にぎゅっと抱きついて想いの丈《たけ》を伝えると、告白した事でさらに火照った頬にちゅっとくちづけられた。

そっと見上げると道綱はとても嬉しそうに微笑んでいて、なにやら気恥ずかしさを感じて長い睫毛を伏せると、道綱は首筋に顔を埋めながらまた乳房を揉みしだき始めた。

「ぁ、ん……」

「狐斗が首筋を舐める理由がわかったぞ。あづさのここから甘い香りがしている……」

「あん、ん……そんな……くすぐったいです……」

まるで狐斗のように首筋を舐められるくすぐったさに肩を竦めたが、道綱はあづさの甘い香りを確かめるようにぺろりと舐めてくる。

それと同時に固く凝る乳首を指先で爪弾くように弄られると、少しもじっとしていられずに、あづさは道綱の小袖の上で身体を波打たせた。

「あぁ……道綱様、もう狐斗のように舐めてはいや……」

「俺と狐斗を同等に考えてもらっては困る。狐よりもっと好くしてやろう……」

「あっ……あぁん！　そんな……あっ、あぁ……！」

言いながら首筋から徐々に顔を下ろしていった道綱に、左の乳首をちゅるっと口の中へ吸い込まれてしまい、舌全体を使って絡められた。

もう片方の乳首も何度も何度も摘まれては乳房を揉みしだかれ、あまりの心地好さに思わず背を仰け反らせた。

「いや、いやぁ……もうそんなにしたらだめです……」

「だめなものか……いやがっていてもあづさの乳首は気持ちよさそうだぞ？　ぷっくりと実って可愛いものだ……」

「いやぁん……！」

舌先で乳首を絡めながら恥ずかしい事を言われると、どういう訳だかよりいっそう感じてしまい、あづさはいやいやと首を横に振った。

しかし道綱はそんなあづさには構わずに、右の乳首をくりくりと弄りながら左の乳首を舌先で舐めては歯を軽く立てて、あづさから甘い声を引き出す。

「あっ……あぁん、だめ、だめぇ……道綱様、もうどうにかなってしまいそうです……」

「いいぞ、もっと淫らになってみせろ……」

さんざん弄られた乳首がじんじんと甘く痺れて、これ以上なにかされたら自分がどうなってしまうか本当にわからない。

堪らずに道綱のがっしりとした肩に手をついて逃れようとしたが、両の乳房を揉みしだかれると力が入らなくなってしまい抵抗もできずにいると、乳首を速く擦りたてられて、身体がぴくん、ぴくん、と跳ねた。

「ふふ、こんなにも敏感な身体をしていたとはな……」

「は、初めてなのにおかしいでしょうか……?」

「そんな事はない。初めてなのに俺の愛撫で悦《よろこ》んでくれるとは嬉しい誤算だ。さぁ、着物を重ねてもっと愛し合おう」

小袖の襟から溢れ出ている乳房を弄られただけで、ただでさえ感じすぎておかしくなりそうだったのに、これ以上の事をされたらどうなってしまうかわからずに震えていると、袴を寛げられて小袖を肩から抜かれてしまい、一糸纏わぬ姿にされた。

「いや……恥ずかしいです……」

咄嗟に身体を横向きにして身体を隠したがすぐに引き戻されてしまい、燈台の明かりに照らされた裸体をまじまじと凝視められる。

「禊ぎの時にも思ったが、こうしてじっくりと見ても美しい……」

ため息ともつかない息をつきながら道綱の視線が身体を這っていくのを感じ、あづさはあまりの羞恥に顔を覆い隠した。

それでも道綱の視線が身体の隅々を観察しているのがわかり、見られているだけだというのに肌が火照るのを感じた。

「そ、そんなに凝視めたらいやです……」

「凝視めるだけではないぞ？　さて、どこから食べようか……」

そう言いながら両の乳房をまた揉みしだき始めた道綱は、ぷっくりと尖る小さな乳首をきゅうぅっと摘んで、交互にちゅっと舐めては指先でくりくりと擦り上げてくる。

「可愛く実ったあづさの乳首は甘くて美味《うま》い……」

「あぁん、あん……もうそこを弄るのはいやです……」

「……どうしてだ？」

舌先で乳首を転がしながら問われて、あづさはこれ以上ないというほど真っ赤になって長い睫毛を伏せた。

しかしその間も舌先でちろちろと舐められてしまうと、乳首だけでなく腰の奥からもむずむずと甘くてせつない感覚がしてきて、あづさは堪らずに脚を摺り合わせた。

「ほらあづさ、言ってみろ。どうして乳首を弄られるのがいやなんだ？」

「ぁ……んんっ、言えません……」

「言えないのならずっとこのままこの可愛い乳首だけを愛するぞ？」

「いやぁん……！」

口唇の中へまたちゅるっと吸い込まれて乳首を舌先で転がされると、甘くてせつない感情が込み上げてくる。

「あん、いや……だめ、だめです……もうそんなにしたら私っ……！」

乳首に舌が絡んでくると、どんどん淫らになってしまう自分がいる。

これ以上されたら自分がどうなるかわからない恐さもあって、道綱がちゅっ、くちゅっと音をたてながら吸う度に、身体をびくつかせていたのだが——。

「あぁん、お願いです……もうそんなふうにしないで……これ以上されたらもっと淫らになってしまいます。道綱様にそんな私を見せられません……」

恥ずかしいのを堪えて本心を告げると、道綱はくすっと笑い、濡れて光る乳首を指先でくりくりと弄りながらあづさを凝視めてくる。

「俺にだから見せてもいいんだ。さぁ、もっと淫らになるあづさを見せてみろ……」

「あん、あぁ……いやぁ……もういやぁ……！」

徒《いたずら》に弄られるのすら敏感に反応して、身体をぴくん、ぴくん、と跳ねさせていると、道綱は乳房からゆっくりと身体を撫で下ろし始めた。

「あ……」

身体の曲線に沿って指がじっくりと這っていくと、触れられた箇所が甘く痺れるような感覚がして、どこに触れられてもぞくぞくした。

それでもなにをされるのかわからずにただおとなしくしていると、道綱の手が脚をゆっくりと撫で下ろしていった。

そして――。

「本当になんて綺麗な身体なんだ……俺しか知らないあづさを見せてくれるな？」

「あっ……きゃあっ!?」

膝裏に手を差し入れられたかと思うと脚を大きく開かれてしまった。

咄嗟に閉じようとしたがそれより前に道綱が脚の間に身体を入れてきて、閉じる事もできずにいると、あらぬ場所に強い視線を感じた。

見れば道綱はあづさですら見た事のない秘所を凝視めていて、あまりの羞恥に目眩《めまい》を起こしそうになった。

「いや、いや……そんな穢れた場所を見ないでくださぃ……」

「穢れているなんてとんでもない。俺しか知らないあづさの一番恥ずかしくも清い場所だ。初心で慎ましやかなのに濃い桃色をして蜜をたっぷりとたたえて……堪らなく美しい」

「あっ、いやぁん……！」

道綱はまるで誘われるように、あづさの秘所へと指を這わせてきた。

その瞬間に雷に打たれたような烈《はげ》しい刺激を感じ、あづさはびくん、と大きく反応した。

「いや、いやぁ……道綱様、お願いです……もう弄ったらいやぁ……！」

道綱の指が秘所をゆっくりと往復する度に、乳房を愛撫されていた時よりも烈しい快感が湧き上がってきて、腰が淫らに揺れてしまうのを止められない。

しかも道綱の指が滑らかに動く度に、くちゅくちゅっと粘ついた音が聞こえてくる。

「な、なに……？」

自らの下肢が潤っていたのには気づいていたが、道綱に弄られると先ほどから甘くてせつない感情が湧き上がってくる箇所から、粘ついた愛蜜がさらに溢れてくるのがわかった。

「いやぁん……あ、あぁっ……いや、いやぁ……もう変になっちゃいます……」

「それが正常な反応だ。だがまだ気を遣《や》るなよ？　あづさがこれをもっと好きになるようにうんと気持ちよくしてやるから」

「あ……？　あぁっ！　あ、あっ、あっ、あぁん……だ、だめぇ……！」

とめどなく溢れる愛蜜を蜜口から掬い取った道綱は、濡れた指を上へと滑らせてその先にある小さな粒に触れてきた。

「いやあぁん……！　だめ、だめぇ……そんなに弄ったらだめぇ……！」

包皮に守られていた小さな粒を熱心に擦られると、あまりにも甘くて堪えきれない刺激が全身を駆け巡り、あづさは猥《みだ》りがましい悲鳴をあげた。

「いやぁ……あ、あぁん……そこを弄ったらいやです……」

「ふふ、どうしていやなんだ？」

「あん……だって、なにかおかしいのです……あぁ、いや、いやぁ……」

小さな粒をころころと捏ねられる度に、今まで感じた事もない身体が浮き上がるような快感があとからあとから湧き上がってくる。

「堪らなく好いだろう？　ここがあづさの一番感じる場所だ。よく覚えておくといい」

「いやぁん……道綱様、もう弄ったらだめ……あぁん、だめ、だめなの……」

「だめではなく、好いの間違いだろう。ほら、もっと弄ってやるから気を遣る瞬間の姿を見せてみろ」

言いながら指先で秘玉を転がされると、指紋のざらつきまでわかるほど鋭敏に感じてしまい、身体がびくびくっと跳ねては四肢が強ばる。

堪らずに敷かれている道綱の小袖をたぐり寄せて堪えようとするが、包皮に守られていた秘玉を剥き出しにされて弄られると、淫らな感情が溢れ出してきて少しも堪えきれない。

同時に愛蜜が溢れる蜜口がひくひくと収縮を繰り返すほど感じてしまい、蜜口の奥がなにかを締めつけたいというようにきゅうぅっと締まる。

「あぁ……あん、あっ、あ……なにか……なにか来ちゃいますっ……！」

「いいぞ、あづさ……そのままその感覚を追うんだ……」

「あんん……あっ、あぁん……あっ……あ……！」

今や秘玉は昂奮《こうふん》にぷっくりと膨らみ、道綱の指がぷちゅくちゅと淫らな音をたてて擦り上げる度に全身が甘く痺れるような感覚がする。

もう触れられていない乳首も固く凝り、擦り上げられる度に腰が淫らに跳ねてしまうのを止められなくなった。

そして秘玉を弄られる度に身体から力が抜けるような快楽を感じる。

そのくせ全身は迫り来るなにかに耐えるように強ばり、蜜口の奥では媚壁がきゅうぅっと締まるのがわかった。

「あぁっ……あん、道綱様ぁ……恐い、なにか来る……！」

「なにも恐れる事はない。ふふ、物欲しそうにひくひくさせて誘うとは……悪い子だ」

「あぁ……！　いやぁん……あ、やっ……っ……あぁあぁぁあんっ！」

秘玉を擦るだけでは飽き足らず、ひくひくと収縮を繰り返している蜜口に長い指を一気に挿《さ》し入れられた瞬間、どこかへ上り詰めるような感覚がして頭の中が真っ白になった。

そして挿し入れられた指を媚壁がもっと奥へと誘うようにひくん、ひくん、と収縮を繰り返して蠢く度に、今まで感じた事もないような快感が何度も何度も押し寄せてきた。

「ぁ……っ……っ……！」

その間は息すら止まり、身体だけをひくひくと痙攣《けいれん》させていたのだが、息を吹き返した途端に全身がしっとりと汗ばみ、突き上がっていた腰ががくん、と落ちて、まるで全力疾走したあとのように速い呼吸を繰り返した。

そしてあづさは目を見開いたまま、たった今自分の中で起きた嵐のような感覚にただただ驚いていたのだが――。

「い、今のは……」

いったいなんだったのかわからずに呆然《ぼうぜん》としていると、忍び笑う道綱が膝にちゅっとくちづけてきた。

「あん……」

そんな僅かな刺激にも反応して脚をびくつかせると、道綱はまだ埋めたままでいる指をゆっくりと抜き挿しし始めた。

「あ、あぁん……ぃ、いやぁん……」

「今のは達《い》くという感覚だ、よく覚えておけ。男の俺には体験できない素晴らしい快感らしいな。ほら、もうどこにも触れてほしくないほど身体が敏感になっているだろう？」

「あぁん、わかっているのならやめてくださぃ……」

言われたとおりに今はどこにも触れてほしくないほど、身体が敏感になっている。

道綱の手を押さえてこれ以上の指淫をやめてもらおうとしたのだが、くちゅくちゅっと音をたてながら媚壁を擦り上げられた。

「い、いや……ぁん……少し痛いです……」

絶頂を感じていた時はさほど気にならなかったが熱が徐々に退いていくにつれ、二本の指を抜き挿しされると、せつなくて沁みるような軽い痛みを感じた。

「破瓜《はか》には痛みを伴うものだが、こうやって念入りにほぐしておけば痛みも軽くなる。俺と愛し合う為だと思って、少し辛抱してくれ」

「んっ……は、はぃ……」

いよいよ道綱と愛し合うのだと思うと、少し緊張してしまった。

奥をつつかれる度に沁みるような痛みが続いて、不安にもなった。

しかし初心なあづさは言われたとおりにするしかなく、道綱が隘路《あいろ》をほぐすように指を抜き挿しする感覚に必死で耐えていたのだが——。

「あ……？」

念入りに指を抜き挿しされているうちに、それまで感じていた沁みるような痛みが徐々に消えてきた。

その代わりに媚壁を擦り上げながら奥をつつかれる度になにか甘い感覚がして、指を抜き挿しされるのがだんだん好くなってきた。

「……っ……ん……」

「好くなってきたな……？」

知られるのがなんだか恥ずかしくて堪えていたのだが、道綱には気づかれていて、にやりと笑われてしまった。

その間もくちゅくちゅと音がするほど隘路を何度も穿《うが》たれているうちに、全身がじんわりと火照ってくるのを感じた。

「ぁ……ん……」

実際に元は白い筈の肌が、まるで酔いがぶり返したようにほんのりと桜色に染まっていて、奥をつつかれる度に蕩けるように甘い声が洩れてしまい、腰が淫らに揺らめいてしまうのを止められなくなった。

「ぁ……あん、あっ、あっ、あぁ……っ……道綱様ぁ……」

「あぁ、好いんだな……奥をつつくと俺の指をもっと奥へ吸い込もうとしているぞ？」

「いやぁん……あ、あぁん……変な事を言っちゃいやです……」

いやいやと首を横に振ってみたが、道綱は楽しげに笑いながら抜き挿しする指を速くして、奥をつついては中で指を折り曲げるような仕草もしてきた。

「あぁっ！　だ、だめぇ……そんなにしたらまた私っ……」

「指だけで気を遣ってしまいそうなのか？　こうして折り曲げるのが好いのか？　ん？」

「あは……ん、んんっ……いや、訊いちゃいやです……」

顔を覗き込みながら訊かれると堪らなく恥ずかしいのに、ずちゅくちゅと粘ついた音をたてながら奥をつつかれ、中で指をそよがすように折り曲げられると、どうしようもなく感じてしまう。

「こ、こんな……あぁん……あっ、やぁ……！」

先ほどまでは軽い痛みを感じていた筈なのに、もうこんなにも感じている自分の淫らな身体が信じられない。

「いやぁ……ぁ、あん、もういやぁ……」

首を横に振って身体にわだかまる熱を逃そうとしていたのだが、そんなあづさを見た道綱は、さらなる指淫を仕掛けてきた。

「そんなにいやがる事はないだろう。ほら、あづさの好きなここも一緒に弄ってやろう」

「あん、んん……あっ、ん、あぁ、あっ、あ……ぃ、いやぁん……！」

長い指を根元まで挿し入れた道綱は、親指で秘玉を捉えたかと思うと、指を抜き挿しする動きに合わせて秘玉もくりくりと捏ねてくる。

その途端に今までよりもさらに蕩けそうな快感が押し寄せてきて、腰が道綱の指に合わせて淫らに動くのを止められなくなった。

「あぁん、んふ……ん、んんっ……あ、あぁ、あ、あん……」

「好い声だ、もっと聞かせてみろ」

「いやぁん……あん、んっ、あ……あぁっ、あっ、あ……」

道綱に聞かれていると思うと恥ずかしいのに、秘所を同時に愛撫されるのがどうしようもなく好くて、自分でもいやになるほどはしたない声が口から衝いて出てしまう。

必死になって声を堪えようと思っても、ちゃぷちゃぷちゃぷ、と音がたつほど烈しく抜き挿しされると、蕩けきった声があがってしまって――。

「んやぁ……あっ、あぁん、あっ、あっ、あぁっ……！」

「堪らないな……これがそんなに好いのか？ 初めてだというのに、俺の指をどんどん持っていこうとして……」

早く中へ入りたい、と耳許で囁かれた瞬間に身体がぶるりと震えた。

思わず見上げると道綱は目を細めて、ただあづさだけを凝視めていて――。

「んふ、んっ……あっ、あぁん！ 道綱様ぁ……私また……っ！」

その視線を感じるだけでも恥ずかしいのに、なぜか身体が燃え上がるように熱くなってきて、あづさも潤んだ瞳で道綱だけを凝視めていると、ぷっくりと膨れた秘玉を押し潰すようにしながら隘路を擦り上げられた。

「あぁん、あっ……あっ、あぁ……」

先ほど感じた上り詰めるような感覚が押し寄せてきて、腰がどんどん突き上がっていく。

堪らずに敷かれている道綱の小袖をたぐり寄せて四肢を強ばらせていると、腰の奥がじりじりと焦げつくように熱くなってきた。

「あは、ん、んんっ……道綱様ぁ……これ以上してはだめ……」

「どうしてだ……？」

「あん、あっ、んん……わ、私また……達ってしまいます……」

恥ずかしいのを堪えて達きそうな事を告げたのに、告げた途端ににやりと笑われて、まるであづさを達かせようとしているように、さらなる指淫を仕掛けられた。

「何度でも達けばいい……」

「そ、そんな……あん、んっ、やぁん……そんなにしないでぇ……！」

初心なあづさはどうしていいのかわからずに戸惑いに潤んだ瞳を揺らしたが、道綱の指が熱心に律動を繰り返すと、腰も自然と貪婪《どんらん》に動いてしまうのを止められなくなった。

同時に堪らない愉悦が腰の奥から湧き上がってきて、道綱の指が奥をつついてくる度に蕩けるような感覚がどんどん強くなってきた。

「あ、あぁっ……もう私……っ！」

ちゃぷちゃぷちゃぷ、と粘ついた音をたてながら烈しく穿たれるのがどんどん好くなってきて、身体を仰け反らせて迫り来る快楽の波に耐えていたのだが、初心なあづさが堪えきれるものではなかった。

「さぁ、また気を遣る瞬間の顔を見せてみろ……」

「あぁん、あ、やっ……んん……ぁ……やあぁぁぁあん……！」

言われたからという訳ではないが、秘玉を押し潰しながら挿し入れた指で奥を撫でられた瞬間、我慢できずにあづさは道綱の指をきゅうきゅうと締めつけながら達してしまった。

その間は息すらできずに何度も何度も道綱の指を締めつけて、その度に快楽を得ては身体を絞るように捩《よじ》り、身体をひくん、ひくんと痙攣させた。

「ぁ……はぁん……んっ……ふ……」

先ほど達した時よりも深い快楽にしばらくは現実に戻れず、中で指を微《かす》かに動かされる時だけ身体を反応させていたのだが、弾んでいたあづさの息が整ってくる頃になると、道綱はまた指をゆっくりと抜き挿しし始めた。

「あ、やっ……」

きゅうきゅうに締まっている媚壁を指が擦り上げていく感触に、ぞくん、と肩を竦めていると、抜け出るぎりぎりまで指が出ていき、また一気に押し入ってくる。

それを何度も繰り返されているうちに我に返ったが、遅かった。

気がついた時にはくちゅくちゅと恥ずかしい音がたつほど速く抜き挿しされてしまい、あづさは背を仰け反らせた。

「あぁん、あふ……ん、んんっ……いや、もういやぁ……！」

「遠慮しないで何度でも達けばいい……」

「あん、んんっ……遠慮などしていません、もう充分です……これ以上されたらおかしくなってしまいます……お願い、もうやめて……」

立て続けに達かされた身体が悲鳴をあげて、伸び上がるように逃げながらも潤んだ瞳で見上げると、道綱は苦笑を浮かべつつも頬にちゅっとくちづけてきた。

「ではそろそろ俺を受け容れてくれるか？　あづさが想像以上に色っぽくて……」

限界だ、と囁きながらゆっくりと身体を離していった道綱を視線で追いかけると、手慣れた様子で袴を寛げる姿を目の当たりにしてしまった。

慌てて視線を逸らしたものの、ちらりと見てしまった道綱の淫刀は腹につくほど反り返っていて、あまりの逞しさに慄《おのの》いてしまった。

いよいよ道綱とひとつになるのだと思うと、未知の経験に緊張してしまった。

それが表情にも出ていたのか、覆いかぶさってきた道綱はふと微笑んで、そんなあづさの頬を優しく包み込んでくる。

「なにも心配するな。ただ愛し合うだけだ、愛している、あづさ……」

「道綱様……」

愛を伝えられる事でこんなにも胸が熱くなるのを知って、緊張していたあづさも僅かに微笑み返した。

すると道綱は口唇にそっとくちづけてから、あづさの脚を肩へと担ぎ上げた。

「あ……」

無防備な体勢に羞恥と不安を感じたが、道綱に愛される為だと思えばなんとか耐える事ができて、ただされるがままでいると蜜口に熱く滾《たぎ》る道綱が触れてきた。

その瞬間はつい身体に力が入ってしまったが、道綱はいきなり入り込もうとはせずに、あづさが灼熱の楔《くさび》に慣れるまで蜜口から陰唇にかけて何度も往復する。

「んっ……ふ……」

それだけでも充分な刺激で道綱が秘所を行き来する度に声をあげていると、あづさがその感覚に慣れてきた頃合いを見計らって、道綱は蜜口の中へ浅く入り込むような仕草をしてきた。

「あ……っ……」

指とは比べものにならないほど熱くてとても逞しい道綱の先端が、ゆっくりと押し広げるようにして蜜口の中へと押し入ってくる。

しかしあづさが僅かに顔を顰《しか》めるとすぐに引き返しては、蜜口をぐるりと撫でて、あづさがそれに慣れると、今度はもう少し深く押し入るのを繰り返す。

「あづさ、息を逃して俺を受け容れるように力を抜くんだ……」

「は、はぃ……」

言われたとおりに息をついて身体から力を抜く努力をしていると、道綱の逞しくも熱い楔が徐々に奥へと押し入ってきた。

「あっ……っ……あぁ……」

「上手いぞ、あづさ……その調子だ……っ……」

ゆっくりと時間をかけて少しずつ押し開かれる感覚は、痛いというよりただただ熱くて、そしてなぜだか胸の奥が熱くてせつなくなるような気がした。

しかしその感覚は決していやなものではなく、道綱とひとつになれる幸せになぜだか泣きたくなるような感じもした。

「あぁ、道綱様……そんなにいっぱい……」

「まだまだ。これで半分だ……」

「あぁんっ……うそ……」

もう目一杯受け容れているつもりでいたのに、まだ半分と聞かされてびっくりして目を見開くと、道綱はくすくす笑いながらも一気に押し入ってきた。

「あぁっ……！」

あまりの衝撃に思わず広い背中に爪を立ててつま先まで震えていると、最奥《さいおう》まで辿り着いたらしい道綱も息を凝らしていた。

「道綱様……」

そっと見上げると道綱の額には玉のような汗が浮かんでいて、なにも自分だけが苦しい訳ではない事を知ったら、なんだか少しほっとしてしまった。

それでも息をするのすら慎重になって静かな呼吸を繰り返していると、道綱が脈動するのが身体を通して伝わってきた。

「あっ……道綱様……」

「俺が中にいるのがわかるか？」

「はぃ……」

頬を染めながらも頷くと、道綱はふと微笑んで頬にちゅっとくちづけてきた。

とても大切にされている気分になって見上げると、口唇にもちゅっとくちづけられた。

素直に受け容れて道綱にされるがままでいると、そのうちに最初はばらばらだったお互いの鼓動が、同じ間隔になっていくのを感じて——。

「私たち、これでひとつになれたのですか……？」

「そうだ。苦しくはないか？」

「……正直に言えば苦しいですが、いやな感じはいたしません。道綱様とひとつになれた嬉しさで、なぜだか胸がいっぱいで……」

自分の中で起きている事を素直に伝えると、中にいる道綱がびくびくっと反応した。

「あぁんっ……！」

隘路の中で暴れる感覚に震えながらも堪えていると、道綱もなにかに堪えるように息を凝らしていた。

しかし次の瞬間、ふと息をついてからあづささを軽く睨んできた。

「可愛い事を。おかげで危うく遂げるところだった……」

「……私はなにかおかしな事を言ったのでしょうか？」

「いいや、おかしくはない。むしろ清くてなんとも愛おしい……」

「あっ……あぁん！　あっ、あぁ……！」

最奥をつつかれたかと思った次の瞬間、張り出した先端でずくずくと揺さぶられ、その度に意図せず甘い声が口から衝いて出てしまった。

胸にわだかまっていたせつなさも、揺さぶられた途端に甘く蕩けていくように霧散して、四肢から力が抜けていく。

それでも必死に道綱へ縋りつき、甘くも感じる律動を受け容れていると、揺さぶるだけではなく、一気に抜け出てはまた最奥まで突き上げられるのを繰り返された。

「あっ、あぁ、あん、あっ、あっ、あぁ……！」

最奥をつつかれる度に甘えるような声が自然と出てしまい、張り出した先端で最奥を擦られると、そのうちにどんどん好くなってきたような気がする。

その証拠に道綱に突き上げられる度に、腰の奥からじりじりと甘くて熱く焦げつくような感覚がして、身体も火照ってくるのがわかった。

「あぁ、あん……道綱様ぁ……」

「好いのか……？」

「し、知りませ……んっ、んん……ぁ、あぁん、あっ、あっ……」

素直に認めるのが恥ずかしくて、つい知らぬ振りをしてみたが、最奥を突き上げられると甘い声が洩れてしまって、道綱にはすっかりばれているらしい。

「ほら、もっと感じてみせろ……」

くすくす笑ったかと思うとさらに烈しく突き上げられてしまい、あづさは白い乳房を上下に揺らしながら蕩けきった声をあげてしまった。

「好いんだな？　俺のこれは気に入ったようだな？」

「あぁん……あん、あぁっ……あっ、あっ、あぁ、あ……！」

言いながらずちゅくちゅと音がするほど烈しく抜き挿しされてしまい、最奥を擦りたてられると、もうなにも考えられなくなってしまうほど感じきって、あづさは道綱に縋りつきながら甘えた声をあげ続けた。

「もうこんなに感じるようになって……っ……あづさは物覚えがいい……」

「あんん……ぃや、言っちゃいやです……」

陰陽巫女の分際で、すぐに色事を覚えて感じきっている自分が恥ずかしくて、首をふるふると横に振ったが、道綱はふと笑ってさらに腰を使い始めた。

肌を打つ音がするほど烈しく抜き挿しをされると、身体がずり上がってしまいそうになり、道綱に必死で抱きついていると、さらに速く穿たれる。

「あん、あっ、あっ、あ……あぁ、あっ……はん……！」

媚壁を擦りたてながら先端で最奥をつつかれるのがそのうちに堪らなく好くなってきて、意地を張っている場合ではなくなってきた。

身体が火照って四肢が甘く痺れ、自分でもいやになるほど甘えた声が洩れてしまう。

「あづさ……っ……」

中にいる道綱を媚壁が迎え入れるように絡みつくようになると、ぶるるっと胴震いした道綱もまた息を凝らしてあづさの腰を抱え直し、さらに速く腰を使い始めた。

「み、道綱様も……気持ちいいのです、か……？」

「あぁ、もちろん……あづさをこうして抱いていると思うだけで、すぐにでも気を遣ってしまいそうだ……」

「あ、あぁ……嬉しい……」

自分で気持ちよくなっている事を知れただけでも嬉しくてあづさが僅かに微笑むと、道綱は目を眇《すが》めつつ、あづさの中でびくびくっと跳ねてさらに嵩《かさ》を増した。

「いやぁん……！」

さらに逞しくなった淫刀で媚壁を擦り上げられると堪らない愉悦が湧き上がってきて、あづさは戸惑いながらも道綱に縋りついた。

ともすればどこかへ吹き飛ばされてしまいそうな気分にもなり、必死で広い背中に爪を立てると、息を凝らした道綱はさらに速い抜き挿しを繰り出す。

「あづさ……っ……」

「あっ……あぁ、あん、あっ、あぁ……あっ……！」

烈しく穿たれているうちに言葉を交わす余裕すらなくなり、ただ喘ぐ事しかできなくなったが、同じ間隔の息遣いをしている事で、道綱とひとつになれているのがわかった。

それがなんともいえず幸せで、それが身体にも伝わり、中にいる道綱に媚壁が絡みつくのがわかった。

道綱にもそれが好いようで、中でびくびくっと震えるのが身体を通して伝わってくる。

その度にあづさも気持ちよくなりながら、最奥をつつかれる度に甘い声をあげていたのだが、何度も穿たれているうちにその声がどんどん高くなってきた。

それと同時に身体が浮き上がるような感覚がして、また絶頂の波が押し寄せてくるのがわかり、あづさは道綱にぎゅっと抱きついた。

「み、道綱様……あぁん、私またっ……」

「あぁ、わかっている……あづさの中がせつなく絡みついてきて……俺も限界だ……」

「あぁん、あん、あん、道綱様ぁ……」

確かに隘路は道綱をひくん、ひくん、とせつなく締めつける間隔が速くなっている。

それが道綱には堪らないようで、あとは言葉もなく腰を使われた。

何度も何度も抜き挿しを繰り返され、ずちゅくちゅと音をたてながら蜜口を掻き混ぜられるのが、ものすごく好くなってきて身体が今まで以上に火照ってくる。

同時に四肢が甘く痺れて道綱に縋りつくのも難しくなり、敷かれている小袖の上で身体を波打たせていると、腰を抱き直した道綱は肌を打つ音がするほど烈しい律動を繰り返す。

その速い動きが堪らなく好くて、最奥をつつかれる度に頭の中が真っ白になるような感覚がしてきて絶頂が近い事を知った。

「あぁん、あっ……あ、道綱様ぁ……」

道綱が自分の中を出入りしている事が未だに信じられないが、確かに求められて差し出した身体で、道綱が気持ちよくなっているのだと思えば、なにやら嬉しさもあった。

ふんわりと微笑んで見上げると道綱は目を眇め、歯を食いしばっている。

どうやら道綱も限界が近いらしく、さらに速い腰使いであづさを穿ってくる。

「愛している、あづさ……」

「あぁ、道綱様、私もお慕いしております……」

「あづさ……っ……」

愛を確かめ合いながらの交歓が、こんなにも幸せだとは思わなかった。

これは確かに穢されるのではなく、愛を伝え合う為の行為だという事がわかり、なぜだか嬉しいのに涙が溢れてきた。

そんなあづさに覆い被さってきた道綱は溢れた涙を吸い取り、細い腰を掴んで何度も何度も挑んできては、あづさから甘い声を引き出していたのだが――。

「あぁん……あ、あっ、あぁ、あっ……あ、やっ、あぁぁぁん……！」

ずくずくっと最奥を擦り上げられた瞬間、堪えきれないほどの快感が突き抜けて、あづさは耐えきれずに道綱をきゅうぅっと締めつけながら達してしまった。

それには道綱もひとたまりもなかったようで、ほぼ同時にあづさの中で弾け、熱い飛沫を浴びせてくる。

「あ……ぁ……っ……」

お腹の中がじんわりと熱くなる不思議な感覚を味わっていると、道綱は腰を何度も打ちつけて、その度に飛沫を浴びせてくる。

その間は息すら止まってしまうほどで、媚壁が道綱を何度も何度もせつなく締めつけては、もっと奥へと誘うように吸いついて深い快楽を味わっていたのだが、息を吹き返したと同時に自然と持ち上がっていた腰が敷かれた小袖の上に落ち、しばらくは夢見心地でぼんやりしていると、身体をそっと重ねてきた道綱に口唇を奪われた。

「んっ……ふ……」

舌を絡めるくちづけをされておずおずとそれに応えると、なんともいえない一体感があり、言葉はなくとも道綱から愛情が伝わってくるようだった。

自分の気持ちも道綱に伝わっているようで、わかっているというように身体を優しく撫でられるのが気持ちよくて、あづさも夢中になって道綱の舌に自分のそれを絡めていたのだが、そのうちにくちづけは穏やかなものとなり、最後にはまるで戯れるように口唇を吸うだけの柔らかなものとなった。

そしてお互いに凝視め合い、くすくすと笑って抱き合っているだけでも幸せで、道綱の首筋に顔を寄せて満ち足りた気分でいると、髪を優しく撫でられた。

「……つらくはなかったか？」

「は、はぃ……」

頬を染めながらも素直に頷くと、火照った頬にもちゅっとくちづけられて、とても愛されている実感が持てた。

氏もない平民の自分が道綱に愛してもらえる日が来るなんて思いもしなかったが、こんなに大切に愛してもらえるなんて、嬉しすぎてまた涙が溢れてしまった。

「どうして泣く？」

「嬉しくても涙は出ます」

「そうだな……だがもう泣くな。俺はあづさの笑顔が好きだ」

また涙を吸い取られるのがくすぐったくてくすくす笑うと、道綱も幸せそうに目を細めて、ただあづさだけを凝視めてくる。

「愛している、あづさ。もう二度と離さない」

「はい、私も愛しています。どうか私を道綱様のお傍にずっといさせてください」

「可愛いらしい事を。もちろんそのつもりだ」

頬にちゅっとくちづけながら身体を包み込まれると、同じ鼓動が伝わってくるのが嬉しくて、あづさもにっこりと微笑んだ。

その笑顔を見て道綱も微笑み、畳の横に散らばっていたあづさの白小袖をたぐり寄せ、お互いの身体にかけると、あづさを包み込みながら横になった。

「さぁ、疲れただろう。今夜は一緒に眠ろう」

「はぃ……」

逞しい胸に抱きしめられて今さらながらに照れてしまったが、道綱の心音を聞いているうちにすっかり安心してしまい、あづさも道綱に抱きついて静かに目を閉じた。

第三章　憂う早月

宮中から刻を報せる太鼓の音が聞こえた気がして、あづさはうっすらと目を開いた。

ぼんやりとしながらも内裏へ行く為の支度をしなければ、と思いつつも、部屋がやたらと明るい事を不思議に思って辺りを見まわした。

そして見慣れない部屋と、乱れて敷かれている小袖や全裸の自分を自覚した途端、昨夜の出来事をはっきりと思い出して、慌てて畳から起き上がったのだが——。

「痛……っ！」

勢いよく起き上がった拍子に腰に疼痛《とうつう》が走り、しばらくは起き上がった格好のまま動けなくなった。

そして昨夜の事を思い浮かべては、頬をほんのりと染め上げる。

（そうだわ、私昨日、道綱様と……）

お互いに愛し合っている事を知り、とても丁寧に身体の隅々まで愛してもらったのだ。

道綱も自分を愛してくれていた事を思うと未だに信じられない気持ちもあるが、この身をもって愛されている事を知り、ひとつになれた時は泣いてしまうほど嬉しかった。

しかも道綱はあづさを正室に迎えるとまで言ってくれたのだ。

恐れ多かったものの道綱が本気で言っている事がわかり、いつか道綱の妻となれると思うだけで、顔が自然と緩んでしまったが、そこではた、と気づいた。

（まだ異能は残っているかしら？）

幸せすぎて忘れかけていたが、道綱を守る為の異能が消えていないか心配で、あづさはまるで両手で宝珠を手にしているように手を合わせた。

そして精神統一をしながら目を閉じて文言を唱えると、手の中に緑色をした光の珠が出現して、あづさは目を開いてその光の珠を指先で操り、空中に五芒星《ごぼうせい》を描いてみせる。

あづさが柏手を打ち、祓いの文言を口にすると、その途端に宙に浮いていた五芒星は拡散するように部屋の中へ広がり、清浄な風が通り抜けていく。

（よかった……やっぱり道綱様が仰っていたとおり、愛し合っていれば睦み合っても異能が消える事はないいんだわ）

それがわかっただけでもほっとできて、白小袖をたぐり寄せて羽織り、畳からゆっくりと起き上がってみたが、先ほど感じた疼痛はもうなくなっていた。

しかしまだ腰が怠く違和感はあったが、身なりを整えたあづさは別室に用意されていた朝食を摂るより先に風呂へと向かい、再び巫女装束を脱いで行水をしてから、毎日欠かさない禊ぎを始めた。

春になって水も温《ぬく》んできたが、それでもまだ冷たい水に打たれながら願うのは、京の町に蔓延する赤斑瘡の根絶だ。

（どうか京の町から赤斑瘡で苦しむ人がいなくなりますように……）

心の中で願いつつ、身が引き締まるほど冷たい水をしばらく浴び続け、納得がいくまで禊ぎをした頃には、身体は氷のように冷たくなっていた。

指もかじかむほどになっていたが、これも毎日の事なので身体が震えるのも気にせずに新たな巫女装束に着替えてから、今度は正殿の簀子までやって来ると気を研ぎ澄ませて依代を町へと向けて飛ばした。

あづさの気に操られた依代は、まるで生きているように空を飛んでいき、それが見えなくなるまで見守っていたのだが――。

（……なにかしら？）

身を清める前は気づかなかったが、依代を飛ばした空をよく見てみると、道綱の屋敷の上空に黒い気の線が何本も張り巡らされているのがわかった。

しかもその気の線からは邪気が漂っているように黒い靄がたち上っているようにも見え

て、あづさは急いで庭へと降りて上空をよく見てみた。

すると黒い気の線は道綱の屋敷の東西南北に十字に張り巡らされていて、さらに鬼門になる艮の方角と裏鬼門になる坤の方角にも一本線が横切っている。

「なんて事……！」

昨日は特になんともなっていなかったが、屋敷の東西南北と鬼門と裏鬼門にかけて方位の強力な呪術を掛けられていたのだ。

このまま放っておけばやがて方位から邪気が入り込み、主である道綱は病に倒れ、屋敷は物の怪で溢れ返ってしまうほど強力な呪術だ。

「急いで根源を絶たないと……狐斗っ！」

狐斗を喚び出しながらも急いで屋敷の外へ向かい、黒い気の線を辿って、まずは屋敷の南に位置する門の周辺を探った。

「すごい邪気の匂いがしてるな」

「ええ、早く根源を探さないと……」

狐の姿で顕現した狐斗は、邪気に毛を逆立てながらも鼻を利かせて辺りを探り始めた。

同時にあづさも柏手を打ち、精神統一をして邪気の根源を探った。

そうして胸が悪くなるほどの邪気に満ちている気を探り、狐斗と共に目をつけたのは、門の真正面に通る路の中央、ちょうど向かいの屋敷との中間地点の地面だった。

「……ここね。すごい邪気が洩れているわ」

「あぁ、上手く隠しているようだが、僅かに邪気が噴出している」

一見すると掘り返したあともなく、なにも変化のない地面になっているが、それこそが敵の目眩ましで、気を研ぎ澄ませて人差し指と親指同士をつけた隙間から覗くと、土が掘り返されたあとがしっかりと見えた。

「早く掘り返さないと」

巫女装束が汚れるのも構わずに地面に座り込み、狐斗と共に土を掘り返すと、果たしてそこには碁石《ごいし》のように磨かれた丸石が埋まっていた。

触れるのも厭わしいほどの邪気がその呪石から放たれているのを見て、あづさは自らに防御の術を掛けてそれを手にした。

見れば丸石には『呪』という文字が書かれていて、小さな石ながらもまるで炎がたち上るように邪気を噴出していた。

「これが道綱様のお屋敷に掛けられている呪詛の源だわ……なんて邪気かしら」

「その石を砕かない限り呪詛は続くぞ」

「ええ、わかっているわ」

狐斗が言わずとも硬い石に掛けられた術は相当なものだとわかり、あづさはふと息をついて気を整えた。

そして静かに目を瞑り次に目を開いた時には、あづさは全身に緑色の気を漲らせてその呪石と対峙した。

「――烈破《れっぱ》っ！」

手のひらにのせた呪石はあづさの声に呼応するように、ぱきっと音をたてて割れた。

その途端に炎のようにたち上っていた邪気も消滅し、あづさはほっと息をついた。

「これでいいわ。狐斗、あとはお願い」

「承知」

あづさが割れてただの石となったそれを託すと、狐斗はそれを前脚で押さえつけ、紅い気をたち上らせて異界へと消滅させ、あれだけ邪気を放っていた石は跡形もなく消えた。

「次は北に埋まっている呪石を滅破して、まずは南北に走る気の線を消すわよ」

「あぁ、わかった」

あづさたちは屋敷の裏側の路へと向かい、また同じように呪石を探っては滅破の術で割り、それを狐斗が異界へと飛ばした。

そして上空を見上げてみれば、屋敷を覆っていた気の線が一本消滅するのが見えた。

それにほっとしつつも気を抜かずに、今度は東西と鬼門に埋まっている呪石を探り出しては滅破の術で石を割っては狐斗が始末して、最後に裏鬼門に埋まっている呪石を見つけ出し、それを手のひらにのせてあづさが緑色の気を放っていざ滅破の術をかけた。

石がぱきっと音をたてて割れたのと同時に上空を見上げ、屋敷を覆っていた気の線がすべて消滅しているのを確認してほっと息をついた時、背後に人の気配を感じ、あづさは気を取り直してすぐに振り返った。

見ればそこには以前、道綱と共に京の町を歩いた時に、赤斑瘡の妙薬だと謳って怪しげな薬を売っていた道摩法師の蒼眞が、物珍しそうにあづさを見ていた。

「邪気を感じて来てみれば、これはまた可憐な巫女……いや、陰陽巫女が邪気を絶っていたとはな」

「きゃっ……!?」

いきなり手を伸ばされてびっくりして身を退いたが、蒼眞はあづさの手首を掴んで手にしていた元は呪石だった石を奪い取った。

「ふん、この屋敷の呪詛を祓う依頼でも受けたのか？」

「そ、そんな事あなたに関係ないでしょ！」

手を奪い返して握られていた手首をさすりながら睨みつけたが、蒼眞は余裕な表情でにやりと笑っただけだった。

「まぁ、確かにこの屋敷が呪詛に掛かってても俺には関係ない、と言いたいところだが、金になりそうだから祓いに来てみれば、陰陽巫女を雇っていたとはな」

どうやら蒼眞は呪詛の匂いを嗅ぎつけて、呪詛を解く代わりに金をもらいに来たらしいが、あづさが解いているのを見ていたようで、つまらなそうに息をついている。

道摩法師がそうやって呪詛を解く代わりに金をもらうのは普通の事だが、まさかまた蒼眞に会うとは思わなくて、あづさは警戒しながらも蒼眞を見上げた。

「……まだ変な薬を売っているの？」

「変な薬じゃない。赤斑瘡の妙薬だ」

「そんな物存在しないわ。売るのを禁じられたのにまだ売るなんて、いつか捕まるわよ」

慎重に言葉を選びつつも蒼眞から気を逸らさずにいたが、蒼眞はすっかり気を許した様子で笑うばかりで。

「俺が捕まるような事はない。呪詛が消えたのなら俺の出番はなさそうだな」

「あ……」

言いながらあづさから奪った呪石を握った蒼眞は、黄土色の気を放って割れた呪石を一瞬にして消し去り、空っぽになった手のひらを見せてきた。

あづさは狐斗の手助けがなければ呪石を異界へ飛ばす事などできないが、蒼眞はそれを簡単にやってのけたのだ。

たったそれだけの事でも相当な能力者であるのがわかり、あづさはさらに気を張った。

しかし蒼眞は驚くあづさを見てにやりと笑い、それからすぐに背を向けて去っていった。

「……なによ」

見せつけられた能力の高さに一瞬気をのまれそうになったが、それでも蒼眞の姿が見えなくなるまで果敢に立ち向かっていたあづさの額には、僅かに汗が浮かんでいた。

「あづさ、あいつは何者だ？」

「……以前、道綱様と町へ出かけた時に赤斑瘡の妙薬を売っていた道摩法師の蒼眞よ。まさかあんなに力を持ってたなんて……」

以前見かけた時に邪気を感じ取ってはいたものの、見せつけられた能力の高さにただ気を張って警戒する事しかできなかった。

それを思うと今さらながらに悔しさを感じて、あづさはぎりっと歯を噛み締めた。

「あいつの仕業かと思って気を視ていたが、黒い気ではなく黄土色だったな」

「私もそう思って視ていたわ」

屋敷の呪詛を破っている時にふいに現れたのもあり疑っていたのだが、呪詛に込められた気の気配とまったく違う気を操っていた事を考えると、本当に呪詛を嗅ぎつけて金にする為だけにやって来たようにも思えるが――。

「気の色を操る事ができる奴もいるからな。用心に越した事はない。俺はあいつの放っていた邪気がすごく気になる」

「ええ、悔しいけれど私では太刀打ちできないくらいの能力者だという事もわかったし、注意するわ」

晴明も気の色を自在に変化させる事ができるので、蒼眞もまた気の色を変化させる事ができるのかもしれない。

そう思うと敵だという可能性も高く、呪詛を破っていたあづさにいち早く気づき、様子を見に来たとも取れる。

「あの蒼眞という男には充分気をつけないと……」

見せつけられた能力の高さを思うと心が挫《くじ》けそうになってしまうが、それでも道綱を守る為ならば身を挺して立ち向かわなければ、と心の中で呟き自らを鼓舞した。

「……それにしても匂うな」

「ええ、とてもいやな気を放っていたものね、侮れないわ」

「違う。俺が言っているのはあづさの匂いだ。昨日までは清くて甘やかな匂いがしてたのに、一夜共にしただけで道綱の匂いがぷんぷんして鼻が曲がりそうだ」

言いながら身をぷるぷると振る狐斗に、あづさは思わず真っ赤になってしまった。

確かに先ほどまでは腰が怠かったが、それ以外は特に変わったつもりなどなかったのに、式神の狐斗にはあづさの変化がわかるのだろうか？

「道綱様の匂いが……私から？」

行水をしたし禊ぎもしたのに道綱の匂いが残っているだなんて、自分では気づかないだけでそんなに変化があるのかと思うと、なんだか照れくさくなってきた。

思わず火照る頬を覆い隠して戸惑っていると、狐斗はつまらなそうに息をつく。

「ふん、幸せそうな顔をして。気分が悪い、俺はもう帰る」

「あっ……狐斗！」

引き留めようとしたが狐斗はそのまま姿を消してしまい、あとに残されたあづさがその場に立ち尽くしていると、牛車がのんびりとこちらへやって来る音が聞こえた。

振り返ってみるとそれは道綱の牛車で、あづさは出迎える為に急いで門内へと入った。

するとほどなくして牛車が門内へと入ってきて、玄関の前で待っていたあづさの前で停まり道綱が牛車から降りてきて、あづさを見るなり優しく微笑んできた。

「おかえりなさいませ、道綱様」

「あぁ、ただいま」

一夜を共にしてから初めて対面するとあって、どんな顔をしていいのかわからなかったものの、自分でも意外と普通に対応できて内心でほっとした。

そして道綱と共に屋敷へと入り、下女が持ってきた麦湯で一服するのもそこそこに、あづさは先ほどまでの出来事を道綱に報告した。

「あぁ、あの蒼眞とかいう男か……」

「屋敷に掛けられていた呪詛とはまったく違う気の色をしていましたが、警戒したほうがいい気がして」

「そうだな。しかしなんでこの俺が狙われるのやら……」

「内裏で道綱様を妬《ねた》んでいる人物の仕業でしょうか？」

「そうだな……とは言っても恨まれるような真似はしていないのだがな」

確かに道綱に限って、慕われる事はあっても恨まれるような噂など聞いた事がない。

だとしたらいったい誰がなんの目的で、道綱に呪詛を掛けているのかさっぱりわからなくて首を傾げて考えていると、道綱は麦湯を飲みながらふと息をついた。

「ただし、逆恨みしている奴ならいるけどな」

「それはいったい誰ですか？」

「藤原実資だ。あづさも一度だけ紫宸殿で会った事があるだろう」

名前をずばりと言われて、あづさもようやく実資の事を思い出した。

確かあの時も実資から難癖《なんくせ》をつけてきて、普段は温厚な道綱も珍しく厭みを返していた。

それにあづさを舐めるように凝視めてきた蛇のような視線を思い出して、ぞくりと肌が粟立ってしまった。

「思い出しました。あの方でしたら確かに道綱様を逆恨みしていそうです」

「そう思うだろう？　だが、実資自身に呪詛を掛ける資質はない」

「となると、蒼眞のような道摩法師を雇って呪詛を掛けている可能性が高いですね」

「あぁ、だがその証拠がないときては、こちらから疑いをかける訳にもいかないしな」

ため息交じりに言う道綱につられて、あづさもついため息をついていた。

なにか証拠があれば実資を帝の名の下、反逆罪として罰することもできるが、そうでもなければ道綱より位の高い実資の事を疑う訳にもいかない。

下手をすれば道綱のほうが実資を愚弄《ぐろう》したと罰せられる事になってしまう。

「難しいですね……」

「まぁ、もしもの話だ。引き続き敵の正体を探ってほしいが、あづさにはあまり無理をしてほしくない」

「なんでですか？　私は道綱様をお守りする為にこの屋敷へ帰ってきたんです。道綱様の為ならなんだってしてします！」

道綱を脅かす敵を見極め、道綱の命を守る為に帰ってきたというのに、無理をするなと言われるのは心外で、あづさは声を荒らげた。

しかし道綱は真剣な顔をして、あづさを凝視めて言うのだ。

「正体もわからぬ敵に狙われているのは事実だし、それを口実にあづさを晴明殿の屋敷から連れ帰ってきたが、どちらかと言えばあづさを嫁にする為に連れ帰ってきたつもりだ。だからあづさには無理をしてほしくないんだ」

「そんな……ですが任務は任務として、敵をきちんと退治します」

思いのほか真剣に言われてしまい、あづさは頬を赤らめながらも本来の目的を忘れぬように口にした。

それは道綱の花嫁にしてもらえるのは嬉しいが、それに浮かれて敵に足をすくわれては元も子もない。

「それより身体は大事ないか？」

「え……？」

唐突に自分についての話になり、あづさは一瞬呆けてしまったが、次の瞬間に意味を理解して耳まで真っ赤になった。

「それは……あの……大丈夫ですから……」

それまでは普通に接していられたのに、道綱に身体を心配されているかと思うだけで急に照れくさくなって口ごもると、そんなあづさを笑った道綱が手をそっと取ってきた。

「最大限に優しく扱ったつもりでいたが、どこか痛いところはないか？」

「ど、どこも痛くありませんっ……だからあの、手を離してくださぃ……」

「愛し合った翌日だというのにつれないぞ。昨夜はお互いに気持ちが通じ合ったと思ったのだが？」

「そ、それは……確かにそうなのですが……」

道綱に愛されている事を知って、それがとても嬉しくて涙が溢れてしまうほどだった。

そんなあづさを道綱はとても丁寧に愛してくれたのは充分承知しているが、昼間から閨《ねや》での出来事を話題にされるのは、初心なあづさには刺激が強すぎた。

それまでは敵を倒すと強気でいられたのに、昨夜の出来事をこんな明るいうちから口にされると急に弱気になってしまった。

「そんなに照れられると余計にいじめたくなる」

「い、いじめ……？」

「冗談だ。だが、照れるあづさもまた好い……」

「あっ……!?」

指と指を絡められたかと思った次の瞬間、ぐいっと引っ張られて、気がつけば道綱の逞しい胸の中へ閉じ込められていた。

「み、道綱様っ……お戯れが過ぎますっ！」

「そう暴れるな。じっとしておいで」

「……っ…」

艶のある低音を耳許で囁かれただけで背筋がぞくん、と甘く痺れてしまい、あづさは肩を竦めた。

その間に道綱はあづさを背中からぎゅっと抱きしめ、項《うなじ》に口唇を押し当ててきた。

「あっ……」

薄い口唇をそっと押し当てられたと思ったら、今度はちゅっと音がたつほど強く吸われて、つきん、とした軽い痛みを感じた。

しかし痛みを感じたのはほんの一瞬で、吸われた箇所を舐められると、今度はそこが熱く疼き始めてしまい、道綱の腕の中で肩をぴくん、ぴくん、と跳ねさせていると、あづさを拘束していた両手が双つの乳房を掬い上げるように包み込んできた。

「あぁ……だめ、だめです、道綱様……このような場所でいけません……」

「俺の屋敷だ。どこでなにをしようと勝手だ」

「ですが……っ……こんな庭の見える場所でなんて……」

道綱が普段生活をしている本殿は、見事な庭が見渡せるとても開放的な空間なのだ。

いつ誰が簀子を歩いてくるかわからない場所で、乳房をまさぐられていると思うだけで、恥ずかしさに顔が火照ってくる。

「んっ……道綱様、だめ……」

「口より身体のほうがあづさは正直なようだ。ほら、白小袖の上からでもわかるほど小さな乳首がぷっくりと実っているぞ?」

「あぁん……い、いやぁん……」

千早《ちはや》の中に手を忍び込ませて白小袖の上から見つけられた乳首を指先でころころと転がされてしまい、我慢できずに淫らな声をあげると、道綱は耳許でくすっと笑った。

「とてもいやとは思えない声だな……ほら、こうするともっと気持ちいいだろう?」

「あぁっ……あっ、あぁん……そんなに擦ったらいやです……」

禁欲的な白小袖の上から爪を立てて乳首を速く擦りたてられると、布地の感触が響いて堪らなく好い。

それでもあづさは首をいやいやと振って抵抗していたのだが、道綱はやめるつもりはないらしく、ぷっくりと尖りきった乳首をきゅうぅっと摘んでくる。

「あっ……あぁん、だ、だめぇ……！」

布地の上からではなかなか上手く摘めないようで、何度も何度も指先で摘み上げられてしまい、あづさはその度にびくびくっと身体を仰け反らせた。

しかし仰け反ったせいで道綱の指に乳房を押しつける形となってしまい、さらに執拗に擦り上げられた。

「あん……ん、ぁ……あぁん……本当に誰か来たら……」

「下女が来る分にはいいが、家臣が来たらあづさの艶姿《あですがた》を見て驚くだろうな」

「い、いやぁ……どちらもいやです……」

昔からの馴染みでよく見知っている下女たちや家臣たちに、道綱に乳房を愛撫されて淫らな声をあげている姿を見られたら、恥ずかしくてもう屋敷の中を歩けない。

そう思うのに道綱に乳首をくりくりと弄られると、甘い声がどうしても洩れてしまう。

弄られすぎた乳首もきゅううっと固く凝り、堪らずに身体を捩るようにくねらせると、道綱は白小袖の合わせ目を思いきり開いた。

「あぁっ……！」

その途端にまるで解放される時を待っていたかのように、白い乳房が弾むようにまろび出てしまい、あづさは羞恥に全身を染め上げた。

「着物の上から弄っていただけなのに、もうすっかり色づいているじゃないか。そんなに気持ちよかったのか？」

「い、言えません……」

「ならば気持ちいいと思うまで存分に乳房を揉んでやろう」

「そ、そんな……あ、あぁっ……！」

普段は着物で押さえつけているが、大きく育っている乳房を揉みしだかれて、背筋に淫らで甘い痺れが走る。

思わずいやいやと首を横に振りたてたが、そんな事で道綱がやめてくれる訳もなく、乳房を揉み込みながら凝った乳首を指の間に挟み、円を描くようにされると、えも言われぬほど気持ちよくなってしまって――。

「あぁん、道綱様ぁ……」

「ふふ、どうしたあづさ……もう降参か？」

「あん、そんなふうにしたらいやぁ……」

指の間に挟み込んだ乳首を軽く引っ張る淫らな遊戯を繰り返されたかと思うと、今度は指先で優しくつつかれて、その緩急《かんきゅう》をつけた愛撫にもうどうにかなってしまいそうだった。

胸の鼓動も速くなり、思わずうっとりとしかけていると、右の乳房から手を離した道綱が、あづさの桃色をした口唇に触れてきた。

「舌を絡めて舐めるんだ」

「んっ……」

訳がわからずにそっと押し込まれた指に舌を絡めて舐めると、指先で舌も揉まれてしまい、それがあまりに気持ちよくて夢中になって道綱の指を舐めた。

ちゅっ、ちゅぱっと音がたつほど舐めていると、道綱はふいに指を引き抜いた。

「ぁ……」

銀糸が伝うほど濡れた指先をぼんやり見ていると、道綱は濡れた指で乳首に触れてきた。

「あっ……あぁ……ぁ……」

乳首をまんべんなく濡らされたかと思うと、今度は左の指も口に含まされた。

その途端に庭から微風が吹いてきて、濡らされた乳首がきゅうぅっと凝るのがわかった。

「ん、んふ……ん、んん……」

「どうだ？　気持ちいいだろう？」

「んんっ……ぁ……恥ずかしぃ……」

左の乳首も濡らされると、まるで乳首だけが強調されているような気分になり、さらに凝っていくのがわかる。

「恥ずかしいだけではないだろう。こんなに尖らせて悪い子だ」

「あんんっ……あ、あぁっ……道綱様……」

乾き始めた乳首をきゅっと摘まれたかと思うと、先端を指先で揉み込むように擦りたてられて、乳首が甘い疼いてもう堪らなかった。

それに乳房を揉みしだきながら乳首を弄られているうちに、あらぬ箇所からも淫らな疼きが湧き上がってきて思わず脚を摺り合わせると、ぬるりと濡れた感触がした。

起きた時までは疼痛を感じていたというのに、道綱に胸を愛撫されただけで道綱を受け容れる為に濡れてしまうなんて、自分で自分の身体が信じられない。

その間も道綱は乳房を愛撫していたが、あづさが脚を摺り合わせて下肢から湧き上がる快感を堪えているのはわかっているようだった。

「どうした、あづさ……他に弄ってほしいところがあるのか？」

「い、いいえ……お願いです、もうこれ以上はやめてくださぃ……」

やはり明るいうちから庭を見渡せる本殿で事に及ぶのは躊躇われて、いやいやと首を振って否定したのに、道綱は耳許でくすっと笑った。

「これ以上の事を期待しているなら、それに応えなければな」

「き、期待などしていませんっ……」

「だが、こちらも堪らなくなっているのだろう？　昨夜の事で傷がついていては大変だ。少し確認してやろう」

「あぁっ……！」

咄嗟に逃げようとしたがそれを察した道綱に身体を拘束されたかと思うと、緋色の袴の切れ込みから手を差し入れられてしまい、秘所をすっぽりと覆われてしまった。

そして中指がきゅっと閉じている秘裂を割り開くように押し入ってきたかと思うと、潤んだ陰唇をそっと撫でてからくすっと笑われた。

「乳房を少し弄っただけなのに、こんなにしとどに濡らしていたのか」

「いやっ……言ってはいやです……」

「敏感で可愛いな、あづさは」

「あっ……あぁん……」

道綱の長い中指がそっと撫でてくるだけで、慎ましく閉じていた蜜口から新たな愛蜜が溢れ出てしまう。

それを掬い取られて陰唇を撫で上げられたかと思うと、その先にある秘玉へ塗り込められて、ゆっくりと円を描くようにころころと転がされた。

「あぁん、だめ、だめぇ……そこは弄っちゃだめです……」

「どうしてだ？　あづさの一番感じる場所じゃないか。ほら、こうやってすると……腰が蕩けてしまいそうなほど気持ちいいだろう？」

「あぁっ……あっ、あぁん、だめ、だめぇ……！」

確かに道綱の言うとおり秘玉を指先で撫でられるだけで、腰が甘く蕩けてしまいそうになり、身体から力が抜けてしまった。

しかも左の乳首を弄りながら同じ調子で秘玉をころころと転がすように弄られると、身体がびくびくっと跳ねてしまうほど気持ちよくて、あづさは甘い声をあげ続けた。

「あん、んんっ……そんなにいっぱいだめぇ……！」

そのうちに袴の中からぴちゃくちゃと粘ついた音がするほど小さな粒を烈しく擦りたてられてしまい、弄られている乳首もさらに固く凝ってきた。

「ふふ、どちらもぷっくりと可愛らしく実って食べてしまいたいくらいだ」

「いやあぁん……！」

恥ずかしい事を言われながら乳首をぷるぷるとつつかれ、秘玉をぷちゅくちゅと弄られると、あっという間に絶頂を迎えてしまいそうだった。

それでも堪えようと身体に力を込めたが、そんなあづさの健気な努力を笑った道綱にさらに烈しく弄られてしまうと、もう堪えきれなかった。

「い、いや……ん、んんっ……あぁん、だめ、だめぇ……あ、や、いっやあぁん！」

身体が徐々に上り詰めていくのを感じ、あづさは猥りがましい悲鳴をあげて、つま先をきゅうぅっと丸めながら達してしまった。

その瞬間は頭の中が真っ白になるほどで息すら止まってしまい、道綱の指がそよぐ度に腰をぴくん、ぴくん、と跳ねさせて小さな絶頂を何度も味わった。

そしてもうこれ以上の快感には耐えきれないとばかりに突き上がっていた腰を落とした途端に息を吹き返し、胸が上下するほど息を弾ませて快感の余韻に浸っていたのだが——。

「あ……？」

まだぼんやりとしているうちに、また項にちゅっとくちづけられたかと思うと、緋色の袴を乱されてしまい、気がつけば白小袖の上に全裸のまま寝かされていた。

「もう絶頂を感じる身体になったようだな。淫らで可愛いよ、俺のあづさ」

「昨日の今日でおかしいのでしょうか……？」

庭から吹き込む穏やかな風を全身に感じ、羞恥のあまりに胸と秘所を隠しながら質問すると、覆いかぶさってきた道綱はあづさの頬にちゅっとくちづけてきた。

「なにもおかしい事はない。正常な反応だ。だがまだ俺を受け容れるのはつらいだろう」

「それは……」

確かに昨夜初めて受け容れたばかりという事もあり、まだ少し貫かれる恐さがあって口ごもると、道綱はふと微笑んで首筋に顔を埋めてきた。

「安心しろ。無理な事はしない。だがあづさが俺のものだという事をもっと感じたい」

「ぁ……」

言いながら首筋を舐められたかと思うと、道綱の両手が身体の曲線をなぞるようにゆっくりと撫で下ろしていく。

「んっ……」

そっと触れられているというのに、撫でられた箇所が甘く疼くのが不思議だったが、それを気にしている暇はなかった。

「あぁ……」

身体を撫でていくのに合わせて道綱の口唇が首筋から徐々に下りてきて、まだぷっくりと尖っている乳首をちゅっと吸ってきた。

両方の乳首を優しく吸われて思わず甘い声をあげたが、道綱は構わずに身体に口唇を落としていく。

そして両手がじっくりと身体の線を辿るのに合わせて、口唇が腰や臍《へそ》にくちづけてきて、そのくすぐったい感覚に身体をぴくん、ぴくん、と小さく跳ねさせていると、膝まで撫で下ろされたところでごく自然と脚を割り開かれてしまった。

「んっ……いや……見てはいやです……」

達したばかりでぽってりと膨らんでいる濡れた陰唇や秘玉を凝視められているのがわか

り、あづさはあまりの羞恥に顔を覆い隠した。

それでも道綱の視線が秘所に注がれているのがわかり、意図せず蜜口がひくん、と反応してしまった。

するとまるでその反応を待っていたとでもいうように、下腹部にくちづけていた道綱は、あろうことかあづさの秘所にもくちづけてきた。

「あぁ……なんて事を……！」

まさかそんなに穢れた場所にまでくちづけられるとは思わずに、顔を覆っていた手を離して身体を起こそうとしたが、蜜口から秘玉にかけて舐め上げられた途端、身体から力が抜けてしまうほど気持ちよくて、あづさは背を弓形に反らせた。

「だ、だめ……だめです、道綱様……んっ……そんなに穢れた場所を舐めるなんて……」

「あづさの身体で穢れた場所などない……いいからそのまま感じていろ……」

「でも……あっ、あぁん！」

まだ戸惑いがあったものの陰唇を割り開くように柔らかな舌が行き来すると、指では得られなかった快美な刺激が襲ってきて、あづさは思わず腰を淫らに揺らしてしまった。

その間もざらついているのになめらかな舌に秘所を舐められていたかと思うと、昂奮に包皮から顔を出していた秘玉を口の中へちゅるっと吸い込まれた。

「あぁぁぁぁん……！　だめ、だめぇ……道綱様ぁ、そんなにしたら私また……！」

またすぐにでも達してしまいそうになり、あづさは思わず道綱を止めようと下肢へと手を伸ばした。

しかし道綱はあづさの抵抗などものともせずに、秘玉を舌先でつついてはまたちゅっと口の中へ迎え入れ、舌全体を使って愛撫してくるのだ。

「んんんっ……ぁ……あぁん、あっ、あっ、あぁっ……！」

敏感な秘玉を舌でいいように転がされ、あづさが堪らずに身体を強ばらせて絶頂へ上り詰めようとすると、それを察した道綱は秘玉から舌を離して陰唇や蜜口を舐めてくる。

「んやぁ……！」

もう少し秘玉を刺激されたら達する事ができたのに、快感を引き延ばされた身体が悲鳴をあげるように捩れる。

それでも道綱はやめてくれなくて、焦れた身体が強ばる。

蜜口もひくん、ひくん、と収縮を繰り返し、新たな愛蜜を溢れさせせた。

すると道綱が舌をひらめかせる度に、ぴちゃくちゃと淫らな音がたち、あづさは羞恥にもうどうにかなってしまいそうだった。

「やめて、やめてぇ……道綱様、お願い……あぁん、そんなにしないでぇ……」

少しもじっとしていられないほどの快感に、身体を波打たせて堪えていたのだが、そのうちに道綱は舐めるだけではなく、先ほどから誘うように開閉を繰り返す蜜口の中へ指を挿し入れてきた。

「あぁ……あ、あん、あっ、あっ、あぁ……」

まだ沁みるような軽い痛みはあったものの、道綱の長い指が奥まで入り込み、また舌が秘玉を愛撫してくると、まだ初心な筈の身体が道綱の指を悦んで、もっと奥へと誘うように蠢いてしまう。

「あん、あっ、あっ、あぁん、あっ、あっ、あ……！」

ぷちゅくちゅと音をたてながら抜き挿しをされると、さらに快感を感じてしまい、奥をつつかれる度に甘い声が自然と衝いて出てしまう。

それに合わせて秘玉もちゅうぅっと吸われると、もう堪えきれなくなった身体が徐々に強ばり始めた。

それでも道綱はやめる事なく舌での愛撫と指淫を続け、あづさから甘い声を引き出していたのだが、指を増やされてずちゅくちゅと烈しく抜き挿しをされているうちに身体が大《おお》袈裟《げさ》なほどぴくん、ぴくん、と跳ねてしまって――。

「あっ、ん……あっ、あぁ……や、あぁん……あっ！　あっ……いく、達くぅ……！」

恥ずかしいのを堪えて達く事を告げた瞬間、道綱はさらに烈しい抜き挿しを繰り返し、最奥まで指を一気に埋めると同時に、秘玉をちゅるっと口の中へ吸い込み、そのままちゅうぅっと吸い続けた。

「あは、んんっ……あ、あぁ、いやあぁあぁんん……っ！」

それにはあづさも堪らずに、身体を強ばらせながら達してしまい、道綱の指を締めつけながら未だかつてない絶頂を味わった。

そして息を弾ませながら胸を上下させて、深い絶頂を味わい尽くしていたのだが――。

「あ……？」

ぼんやりとしているうちにまた指淫を再開されてしまい、あづさは首を横に振った。

「いや、いやぁ……達ったの。もう達ったの……！」

「知っている。だが、俺を受け容れるにはもう一度くらい達ってほぐしたほうがいいのではないか？」

「いや、もういや……あぁん……もうそんなにしたらいやぁ……お願いです、もう大丈夫ですから達かせないでぇ……」

立て続けに達くのがこんなにつらいとは思わなくて、首を横に振りたてて淫らな願いを口にすると、道綱はふと笑って袴を寛げた。

見れば道綱の逞しい楔は、腹につくほど反り返って脈動していた。

「本当にいいのか？　まだつらいのではないか？」

「いいえ、いいえ……道綱様がいいの……お願いですから道綱様がして……」

潤んだ瞳で見上げると、道綱は優しく微笑みながら覆いかぶさってきて、あづさの頬にちゅっとくちづけてきた。

「正直に言うと俺も限界だ……あづさがいいと言うのなら遠慮なく食べさせてもらおう」

「あ、ん……」

蜜口に灼熱の楔がひたりと押し当てられて、いよいよその時が来る事がわかった。

そしてひくん、ひくん、と息づく蜜口を行き来していた道綱が、ゆっくりと押し入ってきて、あづさは思わず道綱の肩に爪を立てた。

「う、ん……っ……」

「あづさ……っ……」

昨夜はもっとつらく感じたが、今日は一瞬だけ沁みるような痛みを感じただけで、押し開かれながら突き進まれても、胸がいっぱいになる感覚だけが襲ってきただけだった。

息を逃して受け容れるよう努力すると、意外とあっさりと最奥へと辿り着いて、道綱もほっと息をついている。

「上手いぞ、あづさ。よく覚えたな……」

「う、上手いです、か……?」

「あぁ、俺をしっとりと包み込んで……」

気持ちがいい、と耳許で囁かれて、道綱が自分で気持ちよくなっている事が嬉しくなったあづさがふんわりと微笑むと、中にいる道綱がびくびくっと跳ねた。

「あぁん……！」

「そんな顔で微笑むあづさが悪い……手加減するつもりだが、覚悟しておけよ？」

「え？　あっ……あぁん、あっ、あっ、あぁ、あっ……！」

なにか恐ろしい事を言われた気がしたが、身体を揺さぶるようにして抜き挿しをされたら、もうなにも考えられなくなった。

波打つように腰を使われると四肢が痺れるほどの快感が押し寄せてきて、思わず道綱の広い背中に手をまわすと、さらに烈しく最奥から蜜口の間を行き来される。

「あ、ん……あ……ぁ……」

昨夜はついていくので必死だったが、二度目ともなると心に少しは余裕があった。

張り出した道綱の楔が媚壁を掻き混ぜながら最奥をついてくる感覚を心地好く感じて、つつかれる度に甘い声をあげていると、道綱がさらに嵩を増した。

「気持ちいいのか……？」

「……訊いちゃいやです……」

「これならばどうだ？」

「あぁん……！　あっ、あぁ、あん、あっ、あっ……！」

くちゃくちゃとあきれるほど淫らな音をたてて、媚壁を掻き混ぜられるのが堪らなく好くて、あづさは全身を火照らせた。

その間も道綱は腰を使ってあづさから甘い声を引き出し、さらに貪婪に抜き挿しを繰り返しては、あづさの上で息を弾ませる。

「道綱様も気持ちい、ですか……？」

「あぁ、あづさの中は最高に気持ちいい……」

「あん、あっ、あっ……嬉しいです……」

ただされるがままでいるだけだが、それでも気持ちよく感じてもらえるのが嬉しくて、僅かに微笑むと道綱は息を凝らした。

「こら。煽《あお》るなと言っているだろう……っ……最中にそんな笑顔を見せられたら、止まらなくなる……」

「あぁん……！」

その言葉のとおりに道綱はあづさの腰を掴んで、本格的に烈しい抜き挿しを繰り出した。

ずちゅくちゅと音をたてながら媚壁を捏ねられると堪らなく好くて、思わず道綱に縋りつくと、わかっているというように最奥まで一気に突き上げられる。

「好いか……？」

「あん、いい……好いです……」

「ようやく認めたな？」

「あ……あぁん！　あっ、あっ、あぁん、あっ……！」

思わず本音を洩らすと道綱はにやりと笑い、ずくずくと突き上げる速度を速くした。

それがどうしようもなく好くて、拙《つたな》いながらも一緒になって腰を合わせると、えも言われぬほど気持ちよくなれた。

最初はばらばらだった息もすっかり合って、同じように息を弾ませながら一緒になって高みを目指す。

その時の一体感はなんとも言えず幸せで、そして最高に気持ちがよくて、道綱と本当にひとつになれた実感を持てた。

それに烈しい中にも愛を感じて、気持ちいい事を伝えるように蕩けきった声をあげると、道綱も微笑んで律動を繰り返す。

「あん……ん、ぁ……あぁっ、あっ、あっ、あぁっ……道綱様ぁ……」

「あぁ、わかっている……」

先ほどまでの鋭い快感ではないが、心が甘く蕩けるような快感が腰の奥から湧き上がってきて、深い絶頂の予感に名を呼ぶと、道綱はすっかり心得ているようだった。

あづさの腰を抱え直して挑むように烈しく突き上げられると、媚壁が道綱に絡みついては吸いつき、もっと奥へと誘うように蠢いた。

「あづさ……っ……」

それにはさすがの道綱も堪らなかったようで、息を凝らしながらも肌を打つ音がするほど烈しく穿ってくる。

「あん、あっ、あ……道綱様っ……私もう……！」

「あぁ、一緒に、な……？」

堪らずに音《ね》をあげると、道綱も限界が近かったらしく、一緒に達こうと唆《そそのか》してくる。

しかしあづさに異論はなく、拙いながらも腰を使って道綱の動きに同調すると、さらに気持ちよくなれた。

身体も絶頂を迎える準備を始めて強ばり始め、思わず道綱の腰に脚を絡めて烈しく揺さぶられているうちに、腰の奥から甘い愉悦が湧き上がってきた。

「あぁん……あっ、あぁ……道綱様ぁ……」

「愛している、あづさ……」

「あっ……やっ、ぁ……あぁあぁぁん……っ！」

心からの言葉を聞いた瞬間、ふいに身体が浮き上がるほどの絶頂が訪れて、あづさは道綱をきゅうぅっと締めつけながら達した。

それが気持ちよかったのか道綱もほぼ同時に達して、最奥に熱い飛沫を浴びせてくる。

「あ、ん……」

腰を何度も打ちつけられて断続的に熱を浴びせられると、お腹の中がじんわりと熱くなり、あづさも小さな絶頂を何度も迎えた。

そしてすべてを出し尽くした道綱が出ていくと、あづさは床に腰を落とし、まるで全力疾走したあとのように息をついていたのだが――。

「大丈夫か……？」

道綱に頬を包み込まれて心配そうに凝視められ、あづさはふんわりと微笑んで道綱の手に頬を擦り寄せた。

「……道綱様にでしたら、なにをされても幸せです……」

「嬉しい事を。だが昨日の今日で無理をさせたな」

「本当に大丈夫です。ほら、このとおり……っ……」

元気な事を伝えようと思ったが、起き上がったところで腰に疼痛が走り、思わず息を凝らすと道綱にそっと抱きしめられた。

「無理をするな。これから少しずつ慣れていけば、そんな痛みもなくなる」

「本当ですか？」

「あぁ、だから慣れていないうちは無理をするな……といっても、この俺が無理をさせているのか」

「そ、そうです。こんなに明るいうちから本殿でなんて……」

苦笑を浮かべる道綱を、あづさは軽く睨んだ。

途中から行為に夢中になって、庭が見渡せる本殿で情事に耽っている事など頭から飛んでしまったが、いつ誰が来るかわからない場所でするなんて。

まだ怠いものの慌てて巫女装束を着込んだあづさを見て、道綱はおもしろそうに笑っているが、笑い事ではない。

「禊ぎを覗いた時から思っていたが、あづさの肌は白くて美しいからな。明るい場所でよく見たかっただけだ。許せ」

そう言いながら頬にちゅっちゅっとくちづけられて、あづさは耳まで真っ赤になりつつも道綱を上目遣いで睨んだ。

「そのくらいでは許しません」

「ならば仲直りにもう一度するか？」

色っぽく目を細められてあづさが思わず及び腰になると、道綱はぷっと噴き出して、また頬にくちづけてくる。

「冗談だ。あづさは本当に見ていて飽きない」

「もう、道綱様の意地悪っ。私、行水してきます！」

腕の中で身体を捩ったが道綱は拘束する事なく解放してくれて、ほっとしたあづさが立ち上がると、道綱は珍しく声をあげて笑った。

その態度が悔しいような、それでいて照れくさい気分にさせられて、ぱたぱたと足音をたてて簀子を小走りして、急いで風呂へと向かったあづさだった。

第四章　蜜月に咲き誇る藤花

「あふ……」

簀子に座って庭の見事な藤棚を眺めていたあづさは、大きなあくびをしてから、慌てて辺りを見まわして居ずまいを正した。

誰も見ていなかったからよかったものの、昼間から眠そうにしているのには訳がある。

この屋敷へ戻ってきてそろそろひと月が経とうとしているのだが、道綱は三日と空かずあづさを求めてくるせいだ。

愛されているからこそ求められているのだとはわかっているが、こうも連日のように愛されていては寝不足にもなる。

それでも貴族の女性のように、夜の出来事を歌にしたためて道綱に贈らなくていいだけましだとは思うが。

（……道綱様は本当に私のような身分の女でもいいのかしら？）

京の町で姿絵が飛ぶように売れているほどの美丈夫で高貴な身分なのに、名もなき村で育った氏もない自分を選んでくれた事が未だに信じられない。

もちろん道綱の愛を疑っている訳ではないが、あまりにも自分への愛情が深すぎて少しだけ恐れ多い気分になってしまう。

（けれど、道綱様が他の女性を同じように愛したら、きっと嫉妬《しっと》してしまうわ）

道綱の愛情表現はとてもわかりやすく、抱きしめては頬に優しいくちづけをして、一緒にいる時は身体のどこかが常に触れているほど猫可愛がりをしてくるのだ。

それに慣れきってしまった今、他の女性にも同じような事をしたら、あづさは嫉妬してしまうに違いない。

とはいっても、それはあくまであづさの妄想だ。

道綱の両親の話を聞いているので、他の女性にうつつを抜かすような事はないと信じているのだが――。

（いやだわ。私ったら以前より欲張りになってる）

心が通じ合う以前は、道綱の役に立てればそれでいいと思っていたのに、心だけでなく身体の隅々まで愛されてしまってからの自分は、道綱を独占したいとまで思うようになっていて、そんな自分の欲深さが少々恐い。

自制しようと思っても、道綱を求めてしまう気持ちがどんどん大きく膨らんでいくのを止められなかった。

(以前からお慕いしてはいたけれど、私ったら意外と嫉妬深かったのね)

自分でも気づかなかった自分を発見してしまった気分になって、ため息をついた。

しかし自分も嫉妬深いが、道綱も相当に嫉妬深いほうだと思う。

なんといっても狐斗がじゃれついてくるだけでも、道綱は不機嫌になって狐斗をいじめたり、あづさが泣いてしまうほどの愛撫を施してきたりするのだ。

先日も狐斗が獣の姿で顕現している時、子供の頃からの癖でなんの気なしに狐斗を抱きしめている場面を見られたその夜、道綱は執拗なまでにあづさを何度も達かせて、もういやだと泣いても何度も挑んでくる始末だった。

「やっぱり私より道綱様のほうが嫉妬深いわ」

「道綱がどうしたって？」

思わず呟いた言葉に返事があったかと思うと、庭の空間が歪んで獣の姿の狐斗が姿を顕し、あづさを不思議そうな瞳で凝視めてきた。

「なんでもないわ。それよりどうだった？」

「あぁ、今日もまた呪石が埋まってたから始末してきた」

「そう、どうもありがとう」

道綱と結ばれた翌日に屋敷の東西南北と屋敷の鬼門に呪石が埋まっていたのだが、その日を境に毎日、少しずつ強い呪詛が掛けられた呪石が何者かによって埋められていた。

最初の頃はあづさが烈破という術で呪石を砕いていたが、最近埋められている呪石はあづさではもう砕けないどころか、触れる事もできないほどの強い呪詛が掛けられている為、呪石を砕いて異界へ飛ばすのは狐斗にすべて任せていた。

「今日の呪石も手強かった。あと数日もしたら俺でも呪詛を破れなくなるかもしれない」

「そんなに強い邪気を放っているのね」

先日あづさが呪石を砕いた時も、ひとつ砕くだけで脂汗《あぶらあせ》が噴き出るほど強い邪気を放っていて、すべての呪石を砕いた時には、立ち上がれないほど消耗《しょうもう》してしまった。

しかも何度禊ぎをしても邪気が払えず、あづさの清い緑色をした気の調子まで悪くなり、一日寝込んでしまうほどだった。

「晴明に相談したほうがいいんじゃないか？　それにいちおう道綱にも」

「だめよ。晴明様から一任されているんですもの。それに晴明様は帝に仕えるだけでも忙しくされているし、道綱様だって……」

ここで晴明を頼ってしまったら、一番弟子とまで言ってくれる晴明に顔向けができない。

自分が守ると宣言した道綱に頼るのも以《もっ》ての外《ほか》だし、なんとしてでも自分たちだけで解決したいと思っている。

とはいっても敵は相当に強い力を有しているようで、なかなか尻尾を出さないのだ。

一度は寝ずに狐斗と共に呪石を埋められる瞬間を見張っていたのだが、敵は呪石を埋めるのに念力を使っていて姿すら見せなかった。

ならばと呪石を埋める黒い気を狐斗が追おうとしても、埋めた瞬間に気配がふと消えてしまい、やはり上手くいかなかった。

「遠隔地から念力で呪石を埋めている事がわかっただけでもいいわ」

「けどその遠隔地がわからなければ意味がないぞ」

「わかってるわ。わかってるけれど……」

そこから先はどうしたものか、あづさは満開の藤棚を凝視めたまま考え込んだ。

相手が黒い気の持ち主で、屋敷内はあづさが常に守りを固めているので、念力で屋敷の外側に呪石を埋めて、屋敷へ呪詛を掛けている事まではわかっている。

寝ずの番をしても敵の正体がわからないのならば、いっその事――。

「ねぇ、狐斗？　呪石をしばらく放っておくというのはどうかしら？」

「放っておいたら屋敷に物の怪が集まってくるぞ」

「物の怪は私がすべて祓うから大丈夫。その間、狐斗には重要な任務を任せるわ」

「重要な任務？」

狐斗が不思議そうに首を傾げるのを見て、あづさはにっこりと微笑んだ。

「毎日呪石を破っていたのに、放っておいたら敵もこれが私たちの限界だと思って様子を見に来ると思うの。その敵を隠身《おんしん》の術を使って探ってほしいの」

「なるほどな。敵を欺《あざむ》いて正体を暴くって事か」

「そういう事。狐斗でも呪石を砕けなくなる前に正体を暴かないと。明日からさっそく試してみましょう」

しばらく放っておけば、敵もあづさたちが降参したと思うに違いない。

徐々に呪石に込めた呪詛を強くしているのは、きっとあづさたちの力量を測っている為。

あづさたちの力量がこの程度かと見くびって、総攻撃を仕掛けるつもりで敵も正体を現すと思うのだ。

だからその前に敵の正体を暴いてやろうという作戦だ。

果たして上手くいくかはわからないが、やらないで手をこまねいているよりも、やってみる価値は充分にあると思うのだ。

「なんだかわくわくしてきたぜ」

「私も。絶対に敵の尻尾を掴んでやるんだから。お願いね、狐斗。敵が来たらすぐに私に報《しら》せてちょうだい」

そう言いながら狐斗に抱きつき、ふさふさな毛並みに顔を埋めるだけで安心できて、しばらくは狐斗に抱きついたままでいたのだが――。

「ほぅ、まだ懲《こ》りていないようだな」

「……道綱様っ!?」

背後から急に声が聞こえたかと思ったら、そこには内裏にお勤めに行っている筈の道綱の姿があり、あづさは跳び上がるほど驚いて目を見開いた。

しかし道綱はいつものように優しい笑顔ではなく、不機嫌そうに目を据わらせてあづさを凝視めている。

「そろそろ藤の花も散り際だというのに、獣の毛に顔を埋めて暑くないとはな」

「俺の艶々な毛並みが気持ちいいから、あづさは子供の頃から抱きつくのが好きなんだ」

「黙れ、狐斗。いいから消えろ。俺はあづさと話してるんだ」

「あ、あの……狐斗が言ったとおり昔からの癖で、抱きついていると安心できて……」

静かに怒っているのがわかりおずおずと答えたものの、道綱の怒りはそれでは収まらないようだった。

いや、怒っているというよりどちらかというと狐斗に嫉妬しているようだが、以前も狐斗に抱きついていただけで泣くほど愛された事のあるあづさとしては、非常に不味《まず》い場面を道綱に見られた気分だった。

「おい、道綱。あづさが怯えてるじゃないか。その顔やめろ」

「まだいたのか。これからあづさと楽しい時間を過ごすから早く消えろ」

「……っ…」

道綱の言葉を聞いて、あづさは思わず息をのんだ。

やはり道綱は狐斗に抱きついていたあづさの事を怒っていて、また以前と同じように泣くほどの快楽へ沈めるつもりなのだ。

しかも今日は心が通じ合ってから狐斗に抱きついていた場面を見られたのが二度目とあって、夜まで待たずに狐斗が消えたらすぐに襲いかかってくるつもりなのがわかった。

しかしそれを回避する術などないあづさは、ただただ怯える事しかできない。

思わず縋るような表情で見上げたが、道綱はまだむっつりとした顔で狐斗とあづさを冷たく見据えてくるだけで――。

「楽しい時間ってなんだよ。どうせ道綱が楽しいだけだろう」

「そんな事はない。快楽を識《し》ったあづさはもう行為に夢中でな、途中から泣くほど悦んで俺に縋りついてくるさ」

「くそっ、自慢げな顔しやがって。気分が悪い」

「あっ……待って、狐斗！」

狐斗が消えたらすぐにでも道綱に閨へ連れていかれそうで、思わず狐斗を引き留めようとしたが、それが却って悪かった。

歪んだ空間の中へ狐斗が消えていくと同時に、道綱に冷たく見下ろされてしまった。

「ほう、俺という者がいるのに狐斗を呼ぶのか？」

「あ……違いますっ。今のは決して道綱様をないがしろにした訳ではないです」

「ふん、口ではなんとでも言える。それになにやら狐斗とこそこそと動いているようだが、いったいなにを企《たくら》んでいるんだ？」

「企んでなどいません。敵の動向を話し合っていただけです」

道綱には敵の動向をすべて報告しているのに、こそこそ動いているなどと言われるのは心外で反論したが、なにやら疑わしい顔つきで見下ろされてしまった。

「本当です。道綱様に隠れてなにかしようなどと思っておりません」

「それは本当か？」

「はい、誓って」

こくこくと頷いて目をしっかりと凝視めると、道綱は真偽を確かめるようにあづさの瞳を覗き込んできた。

そして――。

「ならば本心はその身体に訊いてやろう」

「あっ……!?」

道綱に手首を掴まれたかと思った次の瞬間、身体を引っ張り上げられた。

そしてあれよあれよという間に、普段二人が寝起きしている御簾で囲われた塗籠へと連れ込まれてしまった。

「道綱様……昼間から塗籠へこもるなんて……」

「今さら照れる事はないだろう。屋敷の者は皆、俺たちの関係はとっくに知っている」

「だからといって昼間からだなんて……」

「以前に本殿でした事があるじゃないか。いいからそのまま後ろを向いて立っていろ」

単刀直入に言われてしまい、それ以上の抵抗を試みても道綱の怒りを助長するだけだと直感したあづさは、仕方なく言われたとおり道綱に背中を向ける形で立ち尽くしていると、間近に道綱が迫っているのが息遣いを通してわかった。

「幼い頃からの癖だろうが、俺より狐斗に抱きつくほうが落ち着くとは心外だ」

「ごめんなさい……ですが、狐斗は兄妹みたいなもので、道綱様に寄せる想いとはまったく違う家族としての感情しかありません」

「もちろんそんな事はわかりきっている。だが、それすら許せないほどあづさについては俺の心は狭い」

「あっ……!?」

背後からぎゅっと抱きしめられたかと思うと、そのまま着物の合わせ目を押し開かれてしまい、双つの乳房がぽろりと弾み出てしまった。

「道綱様っ……」

思わず非難めいた声をあげたものの、道綱は聞こえていないとばかりに抱きしめてくる。

しかし次の瞬間、ふいに拘束するのをやめて背後でなにかを探っている気配がした。

いったいなにを探しているのかわからなかったものの、あづさは言われたとおり後ろを向いたまま所在なげに立っていた。

すると目当ての物を見つけたのか道綱はまた背後に立ち、あづさの目の前に荒縄を持ってきた。

「……道綱様？　いったいなにを……」

「あづさの柔肌をこれで縛ったらさぞかし美しいだろうな」

どこかうっとりとした口調で言う道綱に、あづさは目を瞠った。

信じられない事に道綱は、あづさを荒縄で縛ろうとしているのだ。

それがわかって慌てて振り返ってみたが、道綱は目を細めて微笑むばかりで。

「道綱様……？」

その笑みの意味がわからずに戸惑っているうちに、荒縄でまずは手首と腕を縛られてしまい、身動きが取れなくなったところで、まるで乳房を強調するように左右の乳房をおのおの縦横に走る荒縄で縛られた。

「いやっ……！」

乳房の付け根を少し強く縛られただけで、ただでさえ大きな乳房が目立つ卑猥《ひわい》な格好にされてしまい、あづさはこれ以上ないほど真っ赤になり全身をほんのりと染め上げた。

「ふふ、乳房の大きいあづさによく似合う縛り方にしてみたが、想像以上に似合う」

「道綱様、お願いです。こんなに酷い事はやめてください」

「狐斗に抱きつく癖が直らないあづさをお仕置きするには、このくらいの事をしなければ懲りないだろう？」

「もう充分に反省しました。だからこの縄を解いてくださぃ……」

羞恥に瞳を潤ませて振り返ってみたが、道綱はまだ許すつもりはないらしく、強調された双つの乳房を揉みしだいてきた。

「あぁっ……ぁ、あぁん……」

「口で言うよりこの荒縄が気に入っているんじゃないか？　ほら、まだ触れてもいないのに小さな乳首が可愛く実っているぞ？」

「あんっ……あ、あぁっ……いや、いやぁ……！」

首を横に振りたててそんな事はないと否定したが、乳首を指先で優しく撫でられると甘い疼きが湧き上がってきてしまい、淡い桃色をした乳首はぷっくりと尖りきってしまった。

このひと月の間、道綱の手によって快楽を教え込まれた身体はすっかり敏感になっていて、乳首を爪の先で速く擦りたてられると膝が砕けるほど感じてしまい、一人では立っていられないほどだった

「あ、ん……ん、んふ……ぁ、あぁ……あっ、あぁん……」。

思わず道綱の逞しい胸に背中を預けて胸を反らせて甘い声をあげていると、そんなあづさを笑った道綱は、左の胸を揉みしだきながら右手であづさを支えた。

しかし支えていた筈の腕はいつしか腰を撫で下ろしていき、緋色の袴の切れ込みに手を掛けられたと思った次の瞬間、力任せに袴を破かれた。

「あぁっ……!?」

びりびりっと袴が裂けるいやな音と共に右脚が完全に露出してしまい、あづさはただただ呆然としていた。

いつもは優しく愛してくれるのに大切な巫女装束を破くなんて、そこまで道綱の妬心《としん》は強いという事なのだろうか？

それにしても晴明から賜った、大切な巫女装束を破くなんて――。

「酷いです……晴明様が私の為に仕立ててくれた巫女装束だったのに」

目尻に涙を溜めて恨みがましく振り返ったが、道綱もまた不機嫌そうな顔であづさを凝視めてくる。

「まだ他の男の名を口にするとは。悪い子にはもっとお仕置きが必要だと思わないか？」

「え……」

問いかけているようではあったが断定したような声音で言われ、思わず身を竦めた。

縛り上げられて大切な袴を破かれただけでも充分に酷いのに、これ以上酷い事をするつもりなのだろうか？

「いやっ……！」

咄嗟に逃げようとおぼつかない足取りで道綱から離れたが、破かれた袴に足を取られてしまい、あづさはふたつ並んで敷かれている畳の上に倒れ込んでしまった。

すぐに体勢を立て直して振り返り、道綱を警戒して後退ったが、そうすると破れた袴がずり上がってしまい、秘所が剥き出しになった。

しかしそれを気にしている場合ではなく、道綱を凝視めながらじりじりと後退った。

「いい眺めだ。淫らに縛り上げただけはある。神聖な巫女装束を乱している様はとても淫らで美しい。俺しか知らないあづさの艶姿だな」

「このような格好を喜ぶなんて、道綱様を疑いますっ。もう道綱様なんて知らないわ」

「そんな言葉は聞きたくない。それにこれはお仕置きだ。反省するまでは許さない」

「あぁっ……!?」

道綱は満足そうな顔をしたかと思うと、あづさの隙を衝いて覆いかぶさってきた。

「い、いや……いやですっ……こんなに意地悪な道綱様とはしたくありませんっ！」

「ならば欲しいと言うまでするまでの事。泣いても許さないから覚悟しておけよ？」

恐ろしい宣言をしたかと思うと、道綱はあづさの口唇をしっとりと塞いできた。

何度も何度も口唇を柔らかく食《は》まれ、時折柔らかな舌が桃色をしたあづさのそれをそっと舐めてくる。

「んっ……んふ……」

いやだと首を振ろうとしたが、道綱に頬を包み込まれてさらに深いくちづけを受けた。

その度に口唇が甘く痺れてしまい、引き結んでいた筈の口唇が僅かに開くと、その時を待っていたとでもいうように、道綱は舌を潜り込ませてきた。

「あ、ん……っ……」

応えるつもりのないあづさが舌を引っ込めていても、道綱は口腔《こうこう》を巧みに舐めては知り尽くしている弱みをくすぐってくる。

その瞬間に背筋がぞくぞくっと甘く痺れて、気が緩んだところで舌を搦め捕られた。

「んんっ……ん、ぁ……」

ざらりとしているのに柔らかな道綱の舌は、あづさの舌を覆い尽くすように吸いついてきては、舌と舌を擦り合わせるように舐めてくる。

いつもならこの時点でうっとりとしてしまうあづさだったが、後ろ手に縛られている腕の痛みのおかげで僅かに正気を保てた。

「んやっ……んんっ、んー……っ……」

咄嗟に首を振って一度は口唇を振り解いたが、すぐにまた深いくちづけを受けた。

しかし今度は強引に奪うのではなく、舌先をそっとつつくように舐められてしまい、あづさは堪らずに身体をぴくん、ぴくん、と跳ねさせた。

そんなあづさに気づいた道綱は、まるで宥めるように身体を撫で下ろしながらちゅっ、くちゅっと舌を絡めてくる。

「んっ……ぁ……あぁっ……！」

優しいくちづけと身体を愛撫してくる手に思わずうっとりとしかけたが、腰まで撫でていた両手が身体をすっと撫で、双つの乳房を掬い上げるように持ち上げられた途端、あづさは思わず甘い声をあげてしまった。

先ほどほんの少し弄られた乳房を優しく揉みしだかれて、指の間に挟んだ小さな乳首を摘み上げられると、そこから甘く淫らな感覚が湧き上がってくる。

「んふっ……ぁ……あぁ、あん……」

くちづけを受けながら乳房をいいように弄られているうちに、洩れる声が次第に甘さを帯びてくると、道綱はちゅっちゅっと口唇に柔らかなくちづけをしてから、首筋から徐々に口唇を落としていき、あっという間にぷっくりと尖ってしまった乳首にちゅっとくちづけてから、口の中へちゅるっと吸い込んだ。

「あぁんっ……あっ、あぁ……あ、は……ぁ……」

乳首を吸いながら舌先でつつかれたりぺろぺろと舐められたりすると、えも言われぬほど心地好くて、身体が自然と仰け反ってしまう。

すると道綱は乳暈《にゅううん》ごと吸い込み、ちゅうぅっと恥ずかしい音がたつほど吸っては、乳首に歯を柔らかく立ててくる。

それにあづさが鋭く反応すると、今度は謝るように凝った乳首を舌先で揉みほぐし、ぬるぬると舐めてくるのだ。

「あん、んっ……そんなにしたら……」

荒縄で締めつけられた乳房をいいように弄られているというのに、快感を得てしまう自分が信じられなかったが、愛撫自体は普段と同じように優しい事もあって、身体が道綱に応えてしまう。

そんな自分の淫らな身体が厭わしかったが、道綱によって染められた身体はいとも簡単に堕《お》ちてしまって——。

「あぁんっ……あっ、あぁ、あん、そんなに吸ったらだめです……」

ちゅっ、くちゅっと音をたてて吸われる度に、甘い感覚がどんどん強くなってきて、腰の奥からも淫らな感覚が湧き上がってきた。

蜜口からは愛蜜が既に溢れ出て、秘所をしとどに濡らしている。

そして隘路は道綱を早く迎え入れたいとでもいうように、媚壁がひくん、ひくん、と蠢き、その動きだけでも気持ちよくなり、また新たな愛蜜を溢れさせてしまう。

「あぁん、道綱様ぁ……んっ、んふ……」

昂奮に既に包皮から顔を出している小さな秘玉が、道綱の指を待ち焦がれて甘く疼いてしまい、あづさは堪らずに脚を畳の上で彷徨わせ、まるで自ら誘うように膝を曲げた。

「なんだ、あづさ。いやがっていたわりに積極的じゃないか……」

乳首からちゅぽっと音をたてて離れた道綱に笑われてしまい、あづさはこれ以上ないというほど真っ赤になった。

「そんなふうに言ってはいやです……」

「どこを弄ってほしいんだ？」

「いやぁ……もう意地悪しないで……」

道綱の身体に擦り寄って泣きそうな声をあげると、くすっと笑われてしまったが、一度火が点《つ》いた身体の欲求には勝てなかった。

熱に潤んだ瞳で見上げると、道綱は目尻に浮かんだ涙を吸い取り、あづさの秘所へと手を挿し入れた。

「こんなにたっぷりと濡らして……もうすっかりここで感じるようになったな」

「あぁ……」

蜜口から愛蜜を掬って陰唇を掻き分けては擦り上げられる心地好さに、あづさはうっとりとした声をあげた。

すると道綱は蜜口からさらに愛蜜を掬い取っては陰唇を撫で上げ、その先で期待に打ち震える秘玉をそっと撫でてきた。

「あぁん……道綱様ぁ……」

待ち焦がれていた刺激があまりに気持ちよくて、秘玉を弄られるとまるで指紋のざらつきまでわかるほど敏感に感じてしまう。

ちゅ、くちゅっと粘ついた音をたてながらそっと撫で擦られ、それに合わせて腰を淫らに躍らせていると、道綱は秘玉を弄っていた指を撫で下ろしていき、ひくつく蜜口へと一気に挿し入れた。

「あぁん……！」

欲を言えば秘玉をもっと弄ってほしかったが、隘路を埋め尽くしている指を抜き挿しされるとそれもまた好くて、あづさはうっとりしながら媚壁への指淫を受け容れた。

「あっ、あぁっ、あっ、あっ、あぁ……ぁ……！」

ちゃぷちゃぷちゃぷ、と烈しい水音をたてながら抜き差しされるのが堪らなく好くて、奥をつつかれる度に甘えるような声が自然と衝いて出る。

いつもならここで道綱に縋って快感を堪えているのだが、今日は腕を拘束されているせいで縋れるものがなく、身体がいつもよりも早く絶頂へと向かっていくような気がした。

「あん、あっ、あっ、あ……ん、ふ……道綱様ぁ……私もう……」

つま先に力を込めて快感を堪えていたのだが、隘路を寛げるように指を二本に増やされて媚壁を掻き混ぜられると、もう少しも我慢できなくなってきた。

「あぁん、だめ、だめぇ……ぃく……達く、達くぅ……！」

くちゃくちゃと粘ついた音がするほど烈しく指を抜き挿しされて、あづさは思わず達く事を伝えるように口走った。

すると道綱はさらに烈しく指を抜き挿ししてきて——。

「あはっ……ん、んぅ……あ、あっ、ぁ、やっ、ぁ……っ……いやあぁぁんっ！」

最も感じてしまう箇所で指を折り曲げられて擦られた瞬間、堪らずに猥りがましい声をあげて、あづさは絶頂に達した。

神経の塊のような秘玉を弄られて達く時よりも、中を擦り上げられて達く時のほうが心が満たされるような深い快感を味わえる。

腰の奥から甘やかな感情が湧き上がってきて、それが胸一杯に広がった瞬間、心が甘く蕩けてしまいそうなほどの満足感を得られるのだ。

そんな快感を味わい尽くして息を吹き返した瞬間、全身にうっすらと汗が噴き出し、あづさはどこか夢見るような表情で快感の余韻に浸っていた。

縛られた乳房を上下させながら息を弾ませ、道綱を見るともなしに凝視め、まるで全力疾走したあとのように息をついていたのだが——。

「あ……？」

また道綱の指がそろりと動き出して先日の悪夢を思い出し、慌てて身体をずり上げようとしたが、縛られた身体では上手く逃げる事ができなかった。

そうしている間にも道綱は烈しい指淫を繰り出し、あづさから甘い声を引き出した。

とはいっても媚びた声が出ていても、それは少し苦しさも含まれている。

「あぁん、あっ、あぁっ！　や、あん、待って……待ってくださぃ……」

まだ気が済まないのはわかるが、せめてもう少し休んでからにしてほしくて身を捩ったが、道綱はやめようともしなかった。

むしろさらにあづさを感じさせようと、秘所に顔を近づけていって——。

「あぁぁああ……だめ、だめぇ！　そんなにいっぱいしたらだめぇ……！」

猥りがましい悲鳴をあげて道綱を止めようとしたが、指をくちゅくちゅと抜き挿しをしながら秘玉を舌先でころころと転がされてしまい、そのあまりの心地好さに腰が溶けてなくなってしまうかと思った。

「いやっ……あん、いや、いやぁ……！　あぁん、溶けちゃう……そんなにいっぱいしたら溶けちゃうのぉ……」

秘玉を舐めたりちゅるっと吸われたりしながら指で最奥をつつかれると、腰の奥が焦げつくほど熱くなって、腰から下が本当に溶けてなくなってしまいそうだった。

道綱の指が抜け出てくる時に新たな愛蜜がどんどん溢れてきて、畳に糸をひいてたれていくのがわかった。

その様子を間近で見られていると思うだけで羞恥を感じるのに、なぜだか淫らな気分も高まってあっという間に上り詰めそうになった。

「んふっ……ん、んんっ……ぁ、あぁん……あっ、あっ、あぁっ、あ……ぁ……！」

しかし上り詰めている筈なのに、一度深い絶頂を味わった身体は快美な刺激を感じながらもなかなか達く事ができなくて、強い快楽が長引くだけだった。

思わず焦れて自らも積極的に腰を使い、道綱の指に合わせて揺らめかせた。

すると道綱がふと笑う気配がして、あづさは自分がどんなに淫らな姿を道綱に見せているのか気づいた。

しかしもう止める事などできないほど身体は絶頂を求めていて、腰を貪婪に動かす事をやめられなかった。

「あぁっ……ん、んふ……あっ、あぁん、い、好い……好いの……」

秘玉をころころと転がしながら最奥を突き上げられる瞬間に一緒になって腰を突き上げると、えも言われぬほど気持ちよくなれて、腰が淫らに躍ってしまう。

腰の奥からも燃え立つような熱いものが込み上げてきて、その感覚を追って道綱に合わせて腰を振りたてているうちに、媚壁が意図せずひくん、ひくん、と収縮を繰り返し始め、二度目の絶頂が近い事を知った。

「あぁん、道綱様、私また達っちゃう……！」

達く事を告げて腰を淫らに振りたて、道綱の指を媚壁がひくひくと締めつけ、もっと奥へと誘うように吸い込もうとする。

その間も道綱はぬめった舌で転がされてぷっくりと膨らむ秘玉をちゅうぅっと吸い込み、くちゃくちゃと粘ついた音がたつほど烈しく指を抜き挿しする。

それがあまりに気持ちよくて、あづさは恍惚《こうこつ》の表情を浮かべながら腰を突き上げ、道綱の指を思いきり締めつけたと思った、その瞬間――。

「あはっ……あぁん、あん、ぃく……達く、達く達くっ……いっ……やぁあぁぁあん！」

息が止まってしまうほどの絶頂を迎え、腰をひくん、ひくん、と痙攣させた。

その間も蜜口は道綱の指を離すまいときゅうぅっと締めつけて、その長い指の感触を思いきり味わい尽くすかのように吸いつく。

二度目の絶頂は四肢まで痺れてしまうほど快感が全身に広がり、もう触れられていない乳首やつま先まで快楽のさざ波が広がっていくようだった。

「ん……ぁ……」

息を吹き返して腰を落とした瞬間に道綱の指も抜け出ていき、あづさは大きく息をついて、しばらくは現実に戻れなかった。

緊縛《きんばく》されて乱れた巫女装束から溢れ出ている乳房や、袴から覗く下肢をほんのりと染めた艶《なま》めかしい姿を見て、道綱が満足げに目を細めているのがわかったが、もうすっかり快楽の虜《とりこ》になっているあづさは、恥じらって身体を隠す気力すらもうなかった。

「最高に美しかった。愛しているよ、あづさ」

あづさの頬にちゅっちゅっとくちづけながら道綱が言ってくるが、それでもまだぼんやりしていると、目の前になにか禍々《まがまが》しい物を差し出された。

「これがなにかわかるか？」

「え……」

よく見ればそれは昂奮にいきり立つ男性を模《も》していて、しかも先端の張り出した部分がやけに誇張されている、とても淫らな物だった。

「見事だろう、鹿の角で作られた張形《はりがた》だ」

「……張形？」

「あづさは知らないだろうが、貴族の女性が自分を慰める時に使う道具だ」

「自分を慰める？」

「恋しい男との逢瀬《おうせ》が叶わない貴族の女性が、男を想って自ら挿入して絶頂を楽しむ淫具だと言ったらわかりやすいか？」

「……っ……」

詳しく説明された途端にあづさは頬を染めながらも信じられない気分でその張形を思わず凝視めてしまった。

貴族の男女が着物を重ねる為、夜に男性が女性の許へ忍んでいき、ひとときの逢瀬を楽しむ風習は知っていたが、高貴な女性がこんなに禍々しい物で自分を慰めるだなんて到底信じられない。

「好いた男が別の女性の許へ通っていたら、その女性は片想いで終わるだろう？　他の男性が想いを寄せてくれればいいが、そうもいかない時に自分を慰める為に使うんだ」

「けれど皆さんとても清楚で美しい髪をした方たちなのに、こんな物で慰めるだなんて」

「あづさは俺と毎夜のように着物を重ねているからわからないだろうが、一度男との快楽を知ってしまった女性が、どうしてもせつない時に使うんだ」

それ以外にも夫が役立たずになってしまった奥方が使う事もあるらしく、貴族社会の女性の間では、密かにだが所持している女性も少なくないとの事だった。

「なんとなくわかりましたが……どうしてそんな物がここにあるのですか？」

「それはもちろん、あづさに使ったらどうなるのか見てみたいからだ。まぁ、今回はお仕置きという事もあるし、いっそ俺の前で慰めてみるか？」

「い、いやですっ……道綱様がいらっしゃる前で一人で淫らな事をするなんて、絶対にいやです！　それにこの荒縄も早く解いてくださいっ！」

首を横に振りたてて拒否すると、それにはさすがの道綱も笑っていた。

どうやら本気で言った訳ではない事が窺えてほっとしたのだが――。

「そうか、一度はあづさが淫らな遊戯に耽っている姿を見てみたかったが仕方がない。その代わりお仕置きに俺があづさに使ってみせるから荒縄を解くのはまだもう少し先だ」

「そ、そんな禍々しい物を私に使うというのですか!?」

どちらにしてもあづさが使用している姿を見るつもりでいるのがわかり、信じられない気持ちで凝視めたのだが、道綱は平然と言い放つのだ。

「今の艶っぽい姿のあづさが張形を美味そうにしゃぶって乱れる姿を見せてくれたら、今日の一件は水に流そうと思っているのだが?」

「そんな……」

目を眇めた道綱の提案に、あづさは絶句したまま動けなくなった。

道綱と早く仲直りしたい気持ちはあるが、その代わりに張形で責められるのかと思うと、恐ろしさに身体が竦んでしまう。

しかし拒否すればきっとまた、縛られたまま泣いても許してくれないほど達かされ続けるに違いない。

昼間から何度も達かされ続けたらどうにかなってしまいそうだし、なにより明日からしばらくは敵の正体がわかるかもしれない一大事が控えている。

となればあづさに残された選択肢はひとつしかなく、どことなく楽しげに凝視めている道綱をおずおずと見上げた。

「……わかりました。本当にこれを使ったら、許してくれるんですね？」

「もちろんだ。俺のあづさならきっと受け容れてくれると思っていた」

念を押すように確認すると、道綱は微笑みながら頬にちゅっちゅっとくちづけてきた。

それがくすぐったくて肩を竦めている間にも、道綱は張形を口唇に押しつけてきた。

「入れやすくする為に俺だと思ってよく舐めるんだ」

「は、はぃ……」

素直に頷いて口を思いきり開けて頬張り、以前道綱に教わったとおりに舌を絡めて張形を舐めしゃぶった。

舌先に感じるのは脈動する道綱とはまったく違い、少しざらざらとした感触だった。

「う、ん……」

「上手いぞ、あづさ……今日は途中で挫けずに済みそうだな」

道綱は相舐めという愛し方を好み、何度か挑戦した事があるのだが、道綱に秘所を舐められると道綱の熱い楔を舐めるどころではなくなってしまい、いつも途中で挫けてしまい、けっきょくあづさだけが達かされてばかりなのだ。

しかし今日は秘所を刺激されずにいるおかげか、口の中で暴れる事もない張形が相手とあって、落ち着いて舐めしゃぶる事ができた。

しかし舌先で張り出した先端を改めて確認すると括《くび》れが誇張されていて、これで媚壁を刺激されたらどうなるか、少しどきどきしてしまった。

「もういいぞ」

「あ……」

口から張形を引き抜かれた瞬間、桃色の口唇と張形の間に銀糸が引くほど夢中になって舐めていた自分に羞恥を感じたが、そんな事を恥じらっている場合ではなかった。

「膝を曲げて思いきり開いてごらん」

「……っ…は、はぃ……」

もう何度も見られているが最も恥ずべき秘所を道綱に差し出すような格好をするのには、未だに抵抗がある。

それでもおずおずと膝を曲げて脚を開くと、道綱はため息ともつかない息をつく。

「いつ見てもあづさのここは美しいな。まるで朝露に濡れた桃の花のように慎ましやかなのに、男を誘う甘い蜜をたっぷりとたたえて可憐で淫らだ」

「いやっ……そんなにまじまじと見ないでくださぃ……」

まるで花のように喩《たと》えられた途端、あまりの恥ずかしさに蜜口がひくりと反応してしまい、新たな愛蜜がこぽりと溢れ出てしまった。

「ふふ、恥ずかしいのに感じるなんて悪い子だ。さて、この慎ましやかな口が張形を気に入るか楽しみだ」

「あっ、ん……っ……ん……」

たっぷりと濡らした張形の先端を蜜口にひたりと当てられた瞬間、冷たい感触に身が竦んでしまったが、溢れ出る愛蜜をまぶすように、蜜口を張形の先端で撫でられているうちに、次第に体温と馴染んできた。

「さぁ、ゆっくり入れるから受け容れるように迎え入れてごらん」

「あっ……あぁん……苦しい……」

「大丈夫、あづさの淫らな口は美味そうにしゃぶっている……そう、息を逃して……上手いぞ。ふふ、なんていやらしいんだ」

「いやあぁん……！」

誇張された先端をゆっくりとのみ込むまでは苦しさを感じたが、先端を最奥まで一気に押し入られた時には、張り出した先端が媚壁を捏ねるように割り開く感覚が気持ちよくて一気にのみ込んでしまった。

しかし鹿の角でできた張形は締めつけても固いばかりで、道綱と繋がる時のような高揚《こうよう》感はなかった。

「どんな感じだ？」

「……押し入られている感じはしますが、固くてなんだか微妙です……」

「なんだ、もっと悦ぶかと思ったのに意外と冷静だな」

「あっ……!?」

「ん……？」

興味津々といった様子だった道綱が、残念そうにしながらも張形をなんの気なしに抜き出した瞬間だった。

隘路を先端の括れが掻き分けては媚壁を捏ねる感覚があまりに気持ちよくて、あづさは目を瞠った。

「……もしかして気持ちいいのか？」

「ぁ……あぁっ！　だ、だめぇ……！」

抜け出るぎりぎりのところからまた一気に押し入られると、先端の括れが媚壁を擦りたててきて、あづさは思わず腰を淫らにくねらせた。

「そうか、こうして抜き挿しするのが好いんだな？　ほら、もっと感じてみせろ」

「いやぁん……あっ、あぁ、あっ、あは、あん、んっ……」

くちゅくちゅと音をたてながら速い抜き挿しを繰り返されているうちに、身体がどんどん熱を帯びてきた。

そして最奥を固い先端でつつかれると、その度に蕩けきった声が自然と衝いて出てしまい、腰が淫らに動いてしまう。

「美味そうにしゃぶってなかなか抜けないぞ？　そんなにこの張形が気にいったのか？」

「いやん、違います……あぁ、あん、そんなにいっぱいしないで……」

ずくずくと突き上げられると、媚壁が張形にきゅうぅっと吸いつくのが自分でもわかる。

そこを緩急をつけて掻き混ぜられるのが堪らなく好くて、道綱が操る張形が突き上げてくるのに合わせて腰をつい使った。

そんなあづさを見て、道綱はさらに烈しく抜き挿しを繰り返す。

「あぁぁん……あん、あっ、あぁっ、あっ、あっ……」

「なんて淫らなんだ。こうするのがそんなに好いのか？」

「いやぁん……！」

くちゃくちゃと粘ついた音をたてながら張形で掻き混ぜられて、あづさは堪らずに首を横に振りたてた。

しかし道綱にはあづさが悦んでいるのが手に取るようにわかるのだろう。

そのうちに張形を抜き挿ししながら、昂奮に包皮から顔を出す秘玉を刺激してきた。

「あぁん、あっ、あぁっ、だ、だめぇ……そんなにいっぱいしたらだめぇ……！」

秘玉を指先でころころと転がすのと同じ調子で、張形を抜き差しされた途端に、今までよりも深い快感が湧き上がってきて、あづさは思わず張形を締めつけた。

張形が出入りする度に、僅かにざらつく感触が媚壁に響くのが堪らなく好ぃ。

そのうえ秘玉を弄られるともうどうにかなってしまいそうで、あづさは腰をひくん、ひくん、と淫らに跳ねさせた。

それでも道綱は張形を操りながら秘玉をつつくように刺激してきて、あづさが快感に身を捩らせる様を楽しげに凝視めている。

「んふ……あぁん、好ぃ……好ぃの、好ぃ、好ぃ……」

乳房を縛り上げられた淫らな格好のまま、悶《もだ》える自分を道綱が凝視めている。

そう思うだけで羞恥を感じるのになぜだかもっと感じてしまい、あづさは腰を貪婪に振りたてて道綱に向かって脚を大きく広げ、張形を目一杯しゃぶる姿を見せつけた。

「ふふ、俺のあづさはなんていやらしいんだ……いやらしくて最高に可愛い……」

「あぁん、道綱様ぁ……好ぃの、すっごく好ぃの……」

目を細める道綱を凝視めたまま腰を揺らめかせると、まるでご褒美のように秘玉をころころと転がされ、張形を速く抜き挿しされる。

それがどうしようもなく好くて、腰が自然と持ち上がっていく。

同時に堪らない愉悦が腰の奥から湧き上がってくるのを感じ、身体が強ばり始めた。

大きく開いている脚の付け根もひくひくと痙攣し始めて、つま先がくぅっと丸まる。

「み、道綱様ぁ……ぃく、もう達っちゃう……！」

「早いな。だが淫らに達く姿を見せてみろ」

苦笑を浮かべつつも道綱はひくん、ひくん、と収縮を繰り返す蜜口の中へ、張形を一気に押し込んでは、また抜け出るぎりぎりまで引き返すのを繰り返す。

そして秘玉をくりくりと速く擦りたてては、ちゃぷちゃぷちゃぷ、と淫らな音がするほど媚壁を掻き混ぜてきた。

それがあまりに気持ちよくて、もう少しも我慢できなくなったあづさは不自由な身体ながらも背を仰け反らせた。

「あぁん、あん、あっ……あぁ、達く……達くっ……！」

「いいぞ。思いきり達ってみろ」

「あっ、や……ん、んんっ……ぁ……っ……あっ、いやぁぁあんんっ……！」

今まで以上に速く擦りたてられて最奥まで一気に貫かれた瞬間、上り詰めていた身体が絶頂を感じ、あづさは腰を突き上げた格好で達してしまった。

「はぁ……ぁ……っ……」

固い張形にきゅうぅっと吸いついたまま、腰をひくん、ひくん、と何度も痙攣させ、その度に小さな絶頂を味わった。

その間は息を凝らして身体を強ばらせていたのだが、絶頂を味わい尽くした途端に腰を畳に落として長い息を何度もついた。

「最高に艶やかで美しかった」

「あ、ん……っ……」

道綱が頬にちゅっとくちづけてきたかと思うと、張形から手を離した。

その途端に張形がぬるるっと一気に抜け出てしまい、それにも感じて肩を竦めた。

「見てごらん。こんなにぬるぬるだ」

「いやっ……！」

畳の上に落ちた張形を拾い上げた道綱が、目の前に持ってきて見せつけてくる。

思わず見てしまった張形は白濁した愛蜜が糸を引いてたれてしまうほど、たっぷりと濡れて光っていた。

「今さら恥ずかしがる事はないだろう。あづさも最中は俺に見せつけるような真似をしていたくせに」

「い、言っちゃいやです……それより約束は果たしました。早く荒縄を解いてください」

快感が去ってくると同時に正気を取り戻してきたあづさは、道綱に言葉でいじめられて真っ赤になりながらも胸を反らせた。

「なに、せっかくだ。このまま俺とも愛し合おう」

「え……」

「あづさが色っぽく悶えている姿を見て我慢できなくなった。淫具で遊ぶだけでなく、今度は俺の番だ……」

「ま、待って……まだ……ぁ……あぁっ！」

思わず身体をずり上げて逃げようとしたが、袴を寛げた道綱が一気に押し入ってきて、あづさは背を弓形に反らせた。

「あづさの中はすっかりほぐれてとろとろだ……」

「あぁん、待ってって言ったのに……」

少し恨みがましい目つきで道綱を見上げて瞳を潤ませると、道綱は苦笑を浮かべておでこにちゅっとくちづけてきた。

「許せ。これもあづさが愛おしくて仕方ないからだ」

「あ、んっ……」

文句を言おうとしたのにゆさりと揺さぶられて、あづさは思わず甘い声をあげて道綱を締めつけた。

「あづさ……っ……」

「んんぅ……あ、ん……あっ、あぁ……」

張形も確かに気持ちよかったが、脈動する熱い楔を締めつけるほうが遙かに心地好い。

あづさが締めつけるとそれに応えるようにしっとりと吸いついて、それでいてびくびくっと反応する感覚が堪らなく好い。

「あん、んっ……やっぱり道綱様のほうが好いです……」

「嬉しい事を」

初手から烈しい律動を繰り返されたが、それがまた好くて縋りつけない代わりに道綱の身体に脚を絡めた。

「ふふ、今日は特に積極的だな……」

「あんんっ……道綱様のせいだわ……」

「ならば責任を持って愛そう……」

有言実行とばかりに烈しい抜き挿しをされて、最奥をつつかれては掻き混ぜられる。

その度に頭の中が真っ白になるほどの快感が襲ってきて、あづさも堪らずに道綱の動きに合わせて腰を使った。

するともっと気持ちよくなれて、夢中になって道綱の動きに合わせた。

「あっ、あぁん……あっ、あ、あっ、あんっ……！」

このひと月で拙かった腰使いも今ではすっかり板についてきて、あづさが腰を使うと道綱もまた気持ちよくなれているようだった。

最奥まで一気に入り込んできた道綱を思いきり締めつけると、熱い楔がびくびくっと反応して、肌を打つ音がするほど烈しく穿たれる。

「あんん……あっ、あっ、あ……道綱様ぁ……」

張形では味わえなかった弾力のある道綱が媚壁を擦り上げ、抜け出ていく時の捏ねるような動きも堪らなかった。

双つの乳房がふるふると揺れるほど烈しい律動を二人して刻み、同じ快楽を共有していると思うだけで、胸の奥から疼くような甘い感情が湧き上がってきたが、やはり道綱に縋りつけないのは物足りなかった。

「あん、んっ……あ、あぁん……道綱様、お願い……縄を解いて。このままじゃいや。道綱様に抱きつきたいの……」

潤んだ瞳で凝視めてお願いすると、道綱もそれには異論がなかったらしい。

息を弾ませつつもいったん動きを止めて小刀で荒縄を切り、あづさをようやく拘束から解放してくれた。

「大丈夫か……？」

「少し痺れていますけれど大丈夫です……」

優しく手を取られて縛られていた手首や腕を撫でてくれたのが嬉しくて、あづさはふんわりと微笑んで道綱にぎゅっと抱きついた。

「あっ……ぁ……あぁん、やっぱりいつもの道綱様が好き……」

首筋に顔を埋めて素直な気持ちを口にすると、中にいる道綱がびくびくっと跳ねた。

思わずそれに反応した途端、道綱は頬にくちづけてから本格的に動くつもりか、あづさの腰を抱えて挑んできた。

「あぁっ……あ、あっ、あぁっ、あ……道綱様ぁ……」

「あぁ、わかっている……どうしようもなく気持ちいいんだな？」

「んっ……ぁ……あぁっ！　あっ、あぁん！」

身体を通して気持ちが伝わったようで、こくこくと頷くと烈しい抜き挿しを繰り返されて、あづさも必死になって道綱の動きについていった。

ふと見上げれば道綱は額に汗を浮かべて息を弾ませている。

道綱も気持ちよくなっているのがわかり、あづさも意識的に道綱が突き進んでくるのに合わせて締めつけた。

「あづさ……っ……」

「気持ちい、ですか……？」

「この俺を煽るとは上等だ……っ……覚悟しておけよ？」

息を凝らした道綱はにやりと笑うと、あとは言葉もなくあづさを穿ち始めた。

覚悟しておけ、と言ったとおり容赦のない烈しい律動を繰り出され、あづさもただただ喘ぐ事しかできなくなった。

それでも二人で同調した動きを続けていると、腰の奥から甘い疼きが湧き上がってきて、もうどこまでが自分でどこからが道綱なのかわからないほどの一体感に包まれた。

その時の感情は言葉では言い表せないほど幸せで、そしてなんだか泣きたくなるほどで、あづさは道綱にぎゅっと抱きついた。

そんなあづさを宥めるように頬にちゅっとくちづけた道綱は、腰を使って媚壁を擦り上げてきて最奥を掻き混ぜてくる。

「俺と張形とどちらが好い？」

「あ、ん……もちろん道綱様です……」

迷う事なく即答をして微笑み、道綱の首筋に顔を埋めたあづさは、男らしい首筋に自らちゅっとくちづけた。

その途端に道綱は中でびくびくっと跳ねて、さらに嵩を増した。

「あぁん、もうおっきくしちゃいやです……」

「とは言ってもあづさが可愛い事をするのがいけない……わかるか？　もう弾けそうなほどになっているのが」

「は、はぃ……」

「あづさの中がとろとろに蕩けきって締めつけてくるおかげで、まるで性を覚えたての少年になった気分だ……」

そう言いながらくちゃくちゃと淫らな音をたてて、あづさの中を掻き混ぜてくる。

それをされると堪らない愉悦が湧き上がってきて、つい行為に夢中になりそうになったが、道綱の言葉が気になって潤んだ瞳で見上げた。

「あぁん、あ、あん……それはいったいどういう意味です、か……？」

「つまりあっという間に達してしまいそうなくらい気持ちいいって事さ……」

「あぁっ！　あっ、あぁ、あっ、あっ、あぁんっ！」

腰を抱き直した道綱に最奥を烈しく突き上げられて、そのあまりの気持ちよさにあづさは甘く鋭い声をあげた。

熱い楔はますます勢いを増すばかりで、媚壁を擦りたてながら最奥をつつかれると、腰の奥から焦げつくような熱い感覚が込み上げてきて四肢が甘く痺れた。

「あぁん、だめ、だめぇ……達っちゃう……また達っちゃう……！」

「あぁ、俺もあづさの中がすごすぎて……我慢できそうにない……」

いったいなにがどうすごいのかわからないものの、それを気にしている暇はなかった。

道綱が突き進んでくる度に、身体がどんどん上り詰めていくような感覚がして、あづさは背を仰け反らせた。

身体も徐々に強ばり始め、絶頂を堪えるようにつま先をくぅっと丸めて、道綱に突き上げられるのに合わせ、あづさも同じ調子で腰を動かした。

するともっと気持ちよくなれて、道綱を凝視めたまま腰を使っていたのだが――。

「あっ、あっ、あぁ……や、ぁ……やっあぁぁぁあぁあんっ！」

ずくずくっと揺さぶられた瞬間に我慢できずに達してしまい、中にいる道綱をきゅうぅっと締めつけた。

「あづさ……っ……」

ひくん、ひくん、と身体を痙攣させながら、熱い楔に何度も何度も吸いついてはさらに奥へと誘う仕草をすると、道綱も息を凝らしてあづさの中に熱い飛沫を浴びせてきた。

「あ……んぅ……っ……」

腰を打ちつけられる度に白濁を浴びせられ、それにも感じて媚壁が吸い込むように蠢く。それが道綱にも気持ちいいようで、胴震いをしてまた強く腰を打ちつけてから、ようやくあづさの中から出ていった。

そしてしばらくは二人して息を弾ませていたのだが、道綱がごく自然と口唇へくちづけてきて、あづさもそれに応えて舌と舌を絡ませ合った。

「んふ……ん……」

行為のあとは決まってこのようにくちづけて愛情を示してくれるのが嬉しくて、夢中になって舌を吸い合った。

そして身体の熱が徐々に冷めてくるのに合わせてくちづけも口唇に触れ合うだけのものになり、最後には頬や耳朶《じだ》に戯れのようなくちづけをし合い、道綱はあづさを包み込むように抱きしめてくれるのだ。

その時は心が浮き立つくらい甘く蕩けるような幸福を感じて、いつまでもこの瞬間が続けばいいと、普段のあづさなら思っているところだが――。

「……もう、道綱様のばか」

「うん？　珍しく機嫌が悪いな」

「悪くもなります。いくらお仕置きだからといって、荒縄で縛り上げて、あ、あんな道具を使うなんて……」

恨みがましい目つきで見上げると、道綱はくすくす笑いながら頬にちゅっとくちづけてくるが、そんな事では騙《だま》されないとばかりにあづさは身を捩った。

しかし道綱が離してくれる訳もなく、また顔中に優しくくちづけられてしまった。

「あづさも悦んでたんだからいいじゃないか」

「それでも酷いですっ。今度あんな事をしたら嫌いになっちゃいますからね」

つん、とそっぽを向いたが頬にまたくちづけられてしまい、向き合うように抱きしめられたかと思うと、おでことおでこをくっつけられる。

「あづさに嫌われたら生きていけない。これも愛しているからこそだと許してくれ」

「……本当にしないって約束してくれますか？」

「しかし乱れた巫女装束から覗く柔肌に、荒縄が食い込む背徳的な姿はもう一度くらい見てみたいものだが……」

「道綱様!?」

まだ懲りていないらしい道綱を詰るように声を荒らげると、道綱は愉快そうに声をあげて笑いながらぎゅっと抱きしめてきた。

「冗談だ。愛している、あづさ……」

口唇にそっとくちづけられて思わずうっとりしかけたが、なんとなくはぐらかされた気分になったのは気のせいだろうか?

しかしそっと見上げると、道綱が蕩けそうに優しい眼差しで凝視めているのがわかり、これ以上意地を張って言い合いになるのはもったいない気がして、あづさは道綱の逞しい胸に顔を埋めていたのだが——。

「本当に危ない事はしてくれるなよ?」

「……はい、わかっております」

うっとりとしていたところで事に及ぶ前の狐斗の話題を持ち出されて、あづさはどきっとしながらも返事をした。

「もしも危険な事をしたら、今度はこの程度では済まないからな?」

「は、はぃ……」

頬を染めながら素直に頷き道綱の胸に顔を寄せたあづさは、少しだけばつが悪い気持ちになったが、それを悟られないように静かに目を閉じたのだった。

第五章　忍び寄る魔手

まだ夜も明けきらない時刻、内裏へ向かう為に牛車に乗り込む道綱へ一礼して、あづさはにっこりと微笑んだ。

「いいか、あづさ。くれぐれも無理だけはするなよ?」

「わかっています。いってらっしゃいませ」

牛車が出るまで道綱は心配そうな顔をしていたが、あづさは笑顔を崩さずに見送った。

そして牛車が門を出ていくのを待って、ふと重いため息をつく。

(道綱様にはああ言ったけれど……)

狐斗に嫉妬した道綱にお仕置きと称して愛された日に、敵の正体を暴く為の作戦を考えつき、それを実行して四日が経っていた。

しかし敵はまだ呪石の様子を見に来る事はなく、屋敷に顕れる物の怪を退治する日々が続いているだけだった。

その作戦の事はもちろん道綱にも報告しているので、出かける時に心配していたのだ。

とはいってもけ心の敵が顕れなくては、なにも手の施しようがないのが現実だ。

物の怪退治自体は陰陽巫女のあづさにとっては簡単な事なので、それほど苦にならないが、敵が顕れなければなにか別の作戦を考えなければならない。

しかし他の作戦を考えようにも、なかなかいい作戦など思いつかない。

呪石を砕いても翌日にはさらに強い邪気が込められた呪石を埋められてしまうのでは、いつまで経ってもいたちごっこだし、正体を暴くにはいったいどうしたらいいのか——。

（……禊ぎをして少し頭を冷やしたほうがいいわね）

気持ちを切り替えて今日もまずは陽が昇る前に禊ぎをして、町に蔓延する赤斑瘡が根絶するようにと、依代を飛ばす用意をしようとした時だった。

『あづさっ！　気配を消して急いで俺のところへ来い！』

頭の中に直接狐斗の緊迫した声がして、あづさはすぐさま顔つきを変えて気配を消した。

そして急いで裏庭の角、ちょうど鬼門となる艮の方角へと駆けつけた。

『狐斗、来たわよ』

心の中でそう呟くと身体がふわりと浮遊して、気がついた時には木の上で隠身の術を使っている狐斗の背中に乗せられていた。

『敵が顕れたの？』

『あぁ、見てみろ』

言われて見た路の辻のちょうど中心には、あの道摩法師の蒼眞が立っていて、路に手を翳して呪石を取り出していた。

その時の気は確かに黄土色をしていたのに、呪石を手にした途端に蒼眞の身体から炎のようにたち上っていた黄土色の気の色が徐々に黒く変化していき、呪石を握りしめてまた路に埋めた時には、完全に邪気に満ちた黒い気を纏った。

『蒼眞が敵だったのね……』

警戒はしていたものの、黄土色の気を操っていたので敵という認識はしていなかったが、心のどこかでやはり蒼眞が敵だったか、という思いもあった。

あづさたちが呪石を砕いていた時にふいに顕れたり、声をかけてきたりした時点で探っておけばよかったと歯噛みしたい思いだ。

『捕まえるか？』

『いいえ、このまま泳がせて蒼眞を雇っている本当の敵が誰なのか確認しないと』

他の呪石も確認するかと思ったが、蒼眞は鬼門の呪石を確認しただけで屋敷から背を向けて歩き出した。

『狐斗、気づかれないように追いかけるわよ』

『道綱に報告しなくていいのか？』

『そんな暇ないわ。気の色を操る事ができるほどの能力者ですもの。いつ姿をくらますかわからないし、道綱様には事後報告するから大丈夫』

道綱には行動を起こす時には必ず報告するように言われていたが、これまで正体がわからなかった敵のほうから、あづさの考え出した作戦どおり動いてくれたのだ。

このせっかくの機会を逃したらもったいない気がするし、なにより道綱が内裏で働いている間にも、敵が総攻撃を仕掛けてくる可能性もある。

能力的にはあづさよりも蒼眞のほうが圧倒的に強い事はわかっている。

無益な闘いはするつもりはないが、せめて蒼眞を雇っている敵の正体を確認したい。

『さぁ、蒼眞のあとを追って』

『本当に大丈夫か？』

『大丈夫よ。本当の敵を確認するだけで、蒼眞と対峙するつもりはないから』

狐斗はあづさも一緒に追いかけるのに気乗りしないようだったが、本当の敵を見るだけだと言う言葉に、あづさを乗せたまま渋々と空へと跳んだ。

そして西大宮《にしおおみや》大路を歩く蒼眞と一定の距離を置いて追いかけていったが、特に姿をくらます事なく、三条大路の辻にある立派な寝殿造《しんでんづくり》の屋敷へと入っていった。

『……ここは誰のお屋敷かしら？』

『さぁな。だが、相当上位の公卿の屋敷だと思うぞ』

確かに上空から見ると、庭には太鼓橋のかかった池があり、正殿を中心に東西に対屋《たいのや》と呼ばれる付属的な建物もあり、さらに東西の対屋から渡殿を南に出して、その先に釣殿《つりどの》まであるとても立派な屋敷だった。

『見て、蒼眞が本殿へ入っていく。きっと本当の敵はまだ出仕していないんだわ』

『あづさ、屋敷がわかっただけでもいいじゃないか。今日のところはいったん退こう』

『せめて本当の敵の顔を見るだけ。ね？』

『あとで俺が道綱に怒られるじゃんか……』

狐斗はぶつぶつ文句を言っていたが、けっきょくあづさを乗せたまま屋敷の上を旋回《せんかい》し、特に結界らしきものがない事を確認すると、本殿の屋根裏へと忍んだ。

そして気配を消したままあづさは狐斗から降りると、屋根裏の隙間から本殿を覗いた。

すると本殿の中心には立派な屏風《びょうぶ》が飾られてあり、その屏風を背に座している、道綱が毛嫌いしていた藤原実資の姿があった。

「ほほ、それは愉快。道綱も物の怪に悩まされて今頃頭を抱えている事だろう」

「いちおう陰陽巫女が常駐しているようだから物の怪は祓われているだろうが、これから一人では祓いきれないほどの物の怪を送り込むつもりだ」

やはり蒼眞は総攻撃を仕掛けるつもりでいるようで、話を聞いたあづさは悔しさに口唇を噛んで怒りに震えた。

いくら道綱が憎いからといって、蒼眞を雇ってまで道綱に呪詛を掛ける実資の底意地の悪さに胸が悪くなる思いだ。

「して、赤斑瘡の妙薬の売れ行きはどうだ？」

「そちらも上々。町に赤斑瘡を蔓延させればさせるほど飛ぶように売れている」

まさかの話の展開に、あづさは信じられない思いで目を瞠った。

町に蔓延している赤斑瘡も、すべては蒼眞と実資の仕業だったのだ。

なんの罪もない町人たちを病で苦しめて、最悪死にいたらしめているというのに、蒼眞はなにかの呪詛を使って赤斑瘡を蔓延させ、自ら妙薬を売りさばいていたという事だ。

「わかっていると思うが、妙薬の売り上げは我の許へすべて運んでくるんだぞ」

「あぁ、わかっている。だが有り余るほど金があるのに、それでもまだ金が必要なのか」

「金はいくらあっても邪魔にはならない。朝廷で支給される賃金も微々たるものとあっては、おちおち遊女と遊んでもいられない」

「はっ！　さすが公卿ともなると金遣いが豪快だな」

蒼眞が声をあげて笑うと、実資も一緒になって含み笑いをしている。

そんな二人を見た途端、あづさは怒りが頂点に達してしまった。

朝廷の賃金は決して安くなどない。権中納言ともなれば毎月遣いきれないほどの賃金を支給されているというのに、町人を苦しめたうえに妙薬を売った金で私腹を肥やしているだなんて、許せないにもほどがある。

『おい、あづさ。敵の目的もわかったし、そろそろ引き上げよう』

『……わかったわ』

こうなったら一刻も早く道綱に報せて、実資になんらかの処罰を受けさせなければあづさの気が済まない。

そう思い立ってすぐさま立ち上がったのだが――。

「金を遣って遊女と派手に遊ぶのもいいが、陰陽巫女で遊ぶのはどうだ?」

蒼眞がにやりと笑って言った途端、あづさはぎくりと身を竦めた。

どうやら蒼眞はあづさたちが追ってきて屋敷に潜入していたことなど、最初から気づいているようだった。

『あづさ、ずらかるぞっ』

狐斗の緊迫した声に慌てて背中に乗ろうとしたが、あづさは立ち上がった格好のまま動けなくなった。

足許を見てみれば、袴の裾に黒い矢の形をした依代が一本突き刺さっている。

ただの紙でできた依代なのに、引き抜こうとしても抜ける事はなく、あづさはその場に縫いつけられていたのだ。

『狐斗、だめ。強力な呪術が掛かっていて逃げられないわ！　狐斗だけでも逃げて！』

『そんな事できる訳ないだろ！　俺が噛み切ってやる！』

狐斗がすぐさま依代を噛み切ろうとしてくれたが、黒い矢に牙を立てた途端に狐斗は黒い炎に包まれ、燃え尽きるように消えてしまった。

「狐斗っ！」

あまりの出来事に思わず声をあげたが、本当にほんの一瞬の事で涙すら浮かばなかった。

しかし幼い頃から慣れ親しんだ狐斗が、呆気なく消えてしまった事があまりにも悲しくて、まるで心に穴が空いてしまったような大きな衝撃を受けた。

自分がここへ潜入《せんにゅう》すると言わなければ、狐斗が消える事もなかったのに。

そう思うと悔しさと悲しさ、そして申し訳なさが込み上げてきて涙が滲《にじ》んだ。

それに大切な狐斗を失ってしまった今、どうすればいいのか混乱した頭では上手く考えられずにいたのだが、消えてしまった狐斗について嘆いている暇はあづさにはなかった。

「屋根裏に曲者《くせもの》が潜んでいるのか？」

「あぁ、藤原道綱が愛《め》でていた陰陽巫女が紛れ込んでいる」

「あの美しい娘か！　あの陰陽巫女で遊ぶとはおもしろそうだな」

聞こえてくる会話にぞっとして、袴の裾が破れるのも構わずに思いきり引っ張り上げてなんとかして逃げようとしたが、どういう訳だか袴が破れる事はない。

そうこうしているうちに黒い矢の依代が形を変えてまるで粘つく泥のようになり、あづさの足首に絡みついてきた。

(な、なに……!?)

依代をそのように自在に変化させるような技ができるのは、晴明くらいだと思っていた。なのに道摩法師の蒼眞も同じように操れる事に驚いている間にも、粘ついた泥のような依代は増殖してあづさの脚を拘束し、そこから一気に首まで伸びてきた。

(殺される……!)

首に巻きついた粘つく泥に首を圧迫され、慌てて千切ろうとしたがやはり無理だった。

じっくりと殺すつもりなのか、粘ついた泥はあづさの首をゆっくりと絞めていく。

「あ……う……」

息苦しさに思わず喘いだがそのうちに意識が朦朧《もうろう》としてきて、目の前が次第に真っ暗になってきた。

「して、どうやって遊ぶのだ?」

「退屈はさせないと約束しよう」

「ほほ、それは楽しみだ」

二人がなにか楽しげに話している事はわかったが、息苦しさを堪えきれずに、あづさはそのまま意識を手放した——。

◇◇◇

しゅるしゅるしゅる、というまるで蛇が辺りを這いまわっているような不気味な音と、手首と首が締めつけられるのがとても痛くて、あづさは僅かに意識を取り戻した。

しかし目を開く気力は湧かずに、そのまま目を閉じていた。

（……私、まだ生きてるの……？）

まだ殺されていない事を不思議に思ったが、そういえば蒼眞は自分で遊ぶと言っていた。きっと意地の悪い術を使ってじわじわと苦しめてから、最後に息の根を止めるつもりなのだろう。

（ごめんなさい、道綱様……私も狐斗と一緒にこの世から去ってしまいます……）

今朝もあれだけ心配してくれていたのに、その忠告を聞かずに敵に捕まり、命を落とす事になるなんて。

そう思ったら無念で、今さらになって道綱ともっと話しておけばよかったと後悔したが、恐らく晴明と同じくらいの能力者である蒼眞に捕まってしまってはもう遅い。

確実にこのままなぶり殺されてしまうに違いなく、敵の正体を教える事もできず、けっきょく道綱の役に立つ事などできずにこの世から消されてしまうのだ。

（今まで道綱様のお役に立つ事だけを考えて生きてきたのに……）

それにそれだけではない。絶対に叶わないと思っていた想いが通じ合い、道綱が永遠の愛を誓ってくれたというのに、きっと自分が死んだら道綱は悲しむに違いない。

それとも月日が経ったらあづさの事など忘れて、新たな恋をするのだろうか？

しかしそれも致し方ないと、諦めにも似た思いで項垂《うなだ》れていたのだが――。

「……っ!?」

顔にいきなり冷たい水をかけられて、あづさは目をうっすらと開いた。

「う……」

「ようやく起きたか」

間近で蒼眞の声が聞こえてはっと目を見開いた途端、自分がどんな状況にいるのかを目の当たりにして、あづさはおぞましさに目を瞠った。

捕まった時点で拘束されている事は百も承知していたが、あづさを拘束していたのはなんとも不気味な、まるで目のない蛇のような肉色をした軟体で、透明な粘液をしたたらせている見た事もない物の怪だった。

「な、なによこれ……」

両手を持ち上げられた状態で手首を拘束している軟体の物の怪が蠢く度に、ぬるぬるとした粘液が腕にたれていくのが不快で身を捩ったが、抵抗するとその軟体の物の怪はさらに手首を締めつけてくる。

「気に入ったか？　俺が蛇に呪詛を掛けて生み出した物の怪だ。最初に使ってやるから、特別に名前をつけさせてやる」

「こんなに不気味な物の怪に名前をつけるなんてごめんよ！　私を殺すなら早く殺しなさいよっ！」

なぶり殺されるくらいならいっそ一気に殺されたほうがましに思えて啖呵《たんか》を切ったが、蒼眞はにやりとばかにしたように笑う。

「なに、そう死に急ぐ事もないだろう。実資殿を楽しませると約束したしな。少し遊んでから悶え殺してやる」

「悶え殺す……？」

意味を計りかねて蒼眞を睨みつけていたのだが、その時になって蒼眞の背後にいる実資が、相変わらずねっとりとしたいやな目つきで、あづさを凝視めているのに気づいた。

「蒼眞よ、もったいつけていないで早くしてくれ。白小袖から透けている乳房を見ているだけで弾けてしまいそうだ」

「あ……」

言われてみてふと自分の姿を見てみれば、冷たい水と軟体の物の怪から分泌される粘液のせいで白小袖が透けて、双つの乳房とぷっくりと尖っている桃色の乳首が浮き出ていた。

「いやっ……！」

そのあまりに破廉恥《はれんち》な姿を見て、蒼眞が悶え殺すと言った意味がわかり、あづさはがむしゃらになって暴れた。

しかしあづさが抵抗すればするほど軟体の物の怪は、自らの身体を分裂させて、縄ほどの細さになってあづさの身体に絡みつき、身動きができないほど拘束してきた。

そして気がついた時には手を持ち上げた状態のまま宙に浮くような形で身体を持ち上げられ、蒼眞と実資に向かって脚を大きく開いた格好にされていた。

「私になにかするつもりなら今すぐ死ぬわっ！」

袴こそきちんと穿《は》いてはいたが、二人に向かって秘所を差し出すような心許ない格好にされ、あまりの羞恥と屈辱に自ら舌を噛んで自決しようとした。

しかしそれを察した蒼眞が指を鳴らすと、物の怪の本体になる目のない蛇のような頭が鎌首を持ち上げて、あづさの口の中へ強引に押し入ってきた。

「う、ん……っ……」

粘液をしたたらせた物の怪の頭は、あづさの口の中をぬるぬると出入りする。

物の怪から分泌される粘液を舌が感知してしまったおぞましさに肌が粟立ったが、意外な事に粘液は熟した柿の実のように甘かった。

それでも物の怪が分泌していると思えば気味が悪かったが、なぜか物の怪が口の中をくちゅ、ぬちゅっと出入りしながら粘液を放つと、そのうちに頭がぼんやりとしてきた。

「んふ……ん……んっ……」

その感覚に戸惑っている間に手首を拘束していた本体から、また分裂した何本もの細い肉色をした軟体の触手がねっとりと吸いつきながら腕を伝って袖の中へ入り込み、あづさの脇で彷徨ったかと思うと、透けた白小袖の中へ入り込み、双つの乳房に絡みついた。

「んんっ……ん、んーっ……！」

細い触手は脈動を繰り返しながらねっとりと吸いつき、白い乳房をまるで揉みしだくように何度も何度も締めつけてくる。

それをどういう訳だか気色悪いとは思わずに、心地好いと感じてしまったあづさは、自分の感覚に愕然《がくぜん》とした。

「おぉ、なんと淫らな光景か。ほれ、蒼眞。もったいつけずに桃色の乳首を弄ってみろ」

透けた白小袖の上からでも触手がぬるぬると動く様子がよく見えるのか、実資はすっかり昂奮した様子で蒼眞をけしかける。

「そう急かさずともこの物の怪は、女の肉の悦びを熟知している。粘液は甘く強力な催淫効果があるから、ほら、見てみろ。すっかり恍惚とした表情を浮かべているだろう？　この女はもうこの物の怪なしでは生きていけない身体になる」

恐ろしい宣言をされて慄いたが、物の怪が口を出入りする度に頬が火照り頭がよくまわらなくなってきた。

蒼眞が言ったとおり、この物の怪なしでは生きられない身体にされたら、それこそ生きていけないと思うのに身体は熱くなる一方で、そんな自分に嫌気が差す。

しかし乳房を揉みしだいていた細い触手が乳首を粘ついた先端でつついてきた瞬間、身体が大袈裟なほど跳ねてしまった。

「んんんっ……ん、んんっ……ん、ふ……」

その間も触手は小さな乳首にねっとりと絡みつき、先端にぬちゅ、くちゅっと吸いついてきたり、乳首をぷるぷると捏ねるように弾いたりしてくるのだ。

おかげでぷっくりと尖っていた乳首はすっかりと色づき、さらに固く凝ってしまった。

「んっ……んぅ……ん、んっ……！」

堪えようと思っても触手に微細な動きで乳首を弄られると、腰が淫らにうねってしまい、それを見た蒼眞にばかにしたように笑われてしまった。

「ふっ、どうやら藤原道綱には身体も愛でられていたようだな」

無理やり引き出された快感にぼんやりしながらも蒼眞を睨みつけたが、やはり蒼眞はにやりと笑うだけだった。

それが悔しいのに触手が身体を這うと、どうしても意識がそちらに集中してしまう。

乳房を自在に揉みしだかれ、乳首をねっとりと吸い上げられる度に、敏感になった身体が反応する様を、実資が今にも襲いかかってきそうな表情で凝視めている。

そう思うとぞっとして、さらに身体を捩った時だった。

「んんんっ……！」

腰に絡みついていた物の怪の本体から、また細い触手が増殖したかと思うと、袴の切れ込みの中へぬるぬると這っていくのがわかり、あづさはさらに暴れて触手の侵入を止めようとした。

しかしあづさが抵抗すればするだけ触手は増殖を繰り返し、ねばねばとした粘液をしたたらせながら、ぱっくりと開いている秘所へ向かってゆっくりと這っていく。

「い、いやっ……！　やめて……！」

「そういやがるな。お楽しみはこれからだ」

口の中を出入りしていた本体の頭を振り解き、声をあげたが、蒼眞は楽しげに笑いながら指を鳴らした。

その途端に秘所へ向かって這っていた細い触手から、細かな震動が伝わってきた。

ぶうぅぅん、というまるで羽虫の羽音のような音をたてて触手があり得ない速さで震動したかと思った次の瞬間、しっとりと濡れて開いていた陰唇を細い触手が震動しながら刺激してきた。

「いっやあぁ……！」

陰唇を押し開くようにして震動を加えられた途端に、初めて感じる刺激に、あづさは背を仰け反らせた。

「いや、いやぁ……やめて！　やめてぇ……！」

人間ではなし得ない細かな震動を送り込まれるだけで、身体が沸騰《ふっとう》しそうなくらいで、髪を振り乱して首を横に振りたてた。

それでも蒼眞は楽しげに笑い、そして実資は目を血走らせてあづさの悶える様を凝視め、下肢を既に昂《たか》ぶらせていた。

「いやぁ……だめ、もういやっ……いや、いやぁ……！」

しかしもう下肢を醜《みにく》く昂ぶらせている実資の事など気にしてもいられないほどで、腰を淫らに振りたてて細かな震動に耐えていると、陰唇に震動を送り込んでいた触手のうちの一本が秘玉にも震動を与えてきた。

その途端、あづさはあまりの事に、ただでさえ大きな瞳を瞠った。

「きゃあぁぁあぁぁ……！」

敏感な神経の塊に細かな震動を送られて、あづさは猥りがましい悲鳴をあげながら腰をびくびくっと跳ねさせて達してしまった。

しかも達した途端に蜜口から大量の愛蜜を勢いよく噴き上げてしまい、緋色の袴に淫らな染みを作ってしまった。

「ほほ、よっぽど気持ちよかったのか？　なんとも淫らな染みができておる」

「あ……っ……あ……」

実資が好色な表情を浮かべて秘所に顔を近づけてきたのはわかったが、その間に触手は溢れる愛蜜を求めるように、蜜口をつついて中へ入り込もうとしていた。

しかしそれだけは絶対に避けたくて、達したばかりの身体に力を込めて触手の侵入を拒んで腰を躍らせるようにしていると、辛抱堪らなくなったのか実資が蒼眞を振り返った。

「もう我慢ならん。この娘とまぐわいたい。早くこの物の怪に巫女装束を破らせてくれ」

「もっと悶えさせて訳がわからなくなったほうが楽しいぞ」

「充分に眼福《がんぷく》だった。もう爆発しそうなんだ、この娘の中で遂げさせておくれ」

「仕方がない……と言いたいところだが、どうやら客が来たようだ。恥を曝《さら》したくなければ一物を隠したほうがいいぞ」

蒼眞はそう言うと、構えるようにして小屋の入り口を向いた。

するとその途端に引き戸をぶち破るようにして、狐斗に乗った道綱がその場に顕れた。

そして怒りに燃えるような目つきをして実資と蒼眞を睨んだ道綱だったが、その奥で物の怪に雁字搦《がんじがら》めにされて辱《はずかし》めを受けているあづさを見た瞬間、道綱から炎のように青白い気がたち上った。

「……道綱様……狐斗……」

道綱が助けに来てくれた事も嬉しかったが、狐斗がまだ存在しているのも嬉しくて、あづさの瞳から涙が溢れ出た。

とはいっても狐斗も無事では済んでなく、自慢の毛は焦げて傷だらけの姿ではあったが、それでも道綱を呼びに行ってくれたのだ。

「狐斗、あづさを頼んだ」

「承知」

道綱の言葉に頷いた狐斗は、すぐさまあづさの許へ駆けつけてくれて、紅い気をたち上らせて物の怪を噛み千切ってくれた。

「狐斗……消滅していなかったのね、よかった……！」

「もう大丈夫だ、あづさ。今度はへまをしない」

ぼろぼろになった狐斗に抱きついて涙を浮かべると、狐斗は頬に伝う涙をぺろりと舐めてきて、二叉に分かれた尻尾を振ってくる。

しかし狐斗の無事を確認して、再会を喜んでいる暇はそれほどなかった。

急にとび込んできた道綱と狐斗を見た実資は心底驚いていて、取り乱しつつも蒼眞の後ろに隠れた。

「な、なんだ。勝手に私の屋敷へ押し入るとは無礼にもほどがあるぞ！」

慌てて一物を隠しつつ道綱に怒鳴り散らしていたが、道綱はそんな実資を睨みつけたかと思うと、刀をすらりと抜いて実資に向けた。

「ひっ……!?」

「無礼なのはどちらだ！　よくも俺のあづさを辱めてくれたな……この怒りを鎮めるには、貴様《きさま》の命を奪わなければ気が済まない！」

「道綱様……」

格上の実資相手に刀を向けて怒りに打ち震えている道綱を見て、あづさは申し訳ない気持ちになって道綱を凝視めた。

下手をすれば格下の道綱のほうが罪を問われてしまうかもしれないのに、自分の為に刀を抜くなんて。

そんなあづさの視線に気づいたのか、道綱は歯をぎりっと食いしばり、実資に刀を向けながらもあづさを睨んだ。

「あづさもあづさだ。俺に黙ってこんなに危ない場所へ潜入するとは何事だっ」

「も、申し訳ございません……」

すぐに実資のほうへ意識を向けていたが、あづさも怒られて小さくなった。

敵の正体を早く知りたいが為に取った行動で、こんなにも道綱を怒らせてしまうとは思わなかった。

しかしそれも自分を心配しての事だと思えば、道綱が怒るのも当たり前に感じて反省していると、道綱は怒りを鎮めるようにふと息をついた。

「まぁ、あづさの気持ちもわからなくもないが、今後二度と危ない真似はしてくれるな」

「わかりました……」

「それより藤原実資に道摩法師の蒼眞とやら。貴様らだけは許さない」

しかし道綱は怒りに任せて、実資を斬りつけるような短慮な行動は起こさなかった。

その代わりに怒りを抑えつつ、懐から書状を取り出した。

「そ、それは……」

「帝への訴状だ。そこの道摩法師を使って赤斑瘡を町に蔓延させ、赤斑瘡の妙薬と称した薬を売った金で私腹を肥やしていた罪を問う。もしも帝より処罰されたなら、家屋財産は差し押さえ、公卿の地位は剥奪《はくだつ》される」

勝ち誇ったように訴状を見せた道綱を見て、実資はぎりっと歯噛みをした。

「くっ……蒼眞っ！　こやつを早く始末するんだっ！」

「言われるまでもない」

蒼眞は道綱に向かって手を翳したかと思うと、黒い気を一気に放った。

「逃げて、道綱様っ！」

意識を失う前、狐斗が燃え尽きるように消えた時と同じ――いや、それ以上の気を放ったのを見て、あづさは思いきり叫んだ。

しかし道綱はその場から動かずに青白い気の防壁を張っていたが、晴明とほぼ同等の力を有する蒼眞の気に敵《かな》う筈がない。

「お願い、逃げて、道綱様っ!!」

物の怪に襲われたあづさではもう力を発揮できず、もはやこれまでかと思ったが、蒼眞の黒い気が道綱の張った気の防壁にぶつかった途端、なんと道綱の気が黄金色に染まり、黒い気を撥《は》ね除けた。

「なっ……!?」

それにはさすがの蒼眞も驚いていたが、道綱は不敵に笑ってみせた。

あづさも驚いたものの、その黄金色の気の気配は忘れもしない――。

「こんな事もあろうかと、晴明殿より護符を授かってきたが正解だったな。いざ勝負だ、蒼眞。俺のあづさを辱めた事を後悔させてやる」

道綱が刀を構えると蒼眞は一瞬だけたじろいだが、すぐに気を取り直したように依代を手に構えた。

そして道綱に向かって依代をいくつも飛ばし、黒い矢に変化した依代が道綱めがけて飛んでいく。

「ふん、そのような物でこの藤原道綱を倒せると思うなっ!」

道綱は降るように飛んでくる黒い矢を刀で悉《ことごと》く撥ね除け、じりじりと間合いを詰める。

そして蒼眞の隙をついて一気に間合いを詰めたかと思うと、肩から腰まで斬り込んだ。

「ぐっ……っ……！」

派手な血飛沫が上がり、蒼眞はその場にがくりと膝をついた。

それを見て道綱は血を払い、刀を鞘へと戻そうとしたのだが——。

「甘いわ、藤原道綱っ！　そのような一太刀でこの俺が倒れるとでも思ったか！」

「むっ……」

蒼眞は膝をついた格好のまま、また手を翳して黒い気を放ち、道綱はすぐさま後ろへ跳び退いて再び刀を構えた。

そこからお互いに一進一退を繰り返し、間合いを取るだけでもまるで細い糸がぴんと張り詰めたような緊張感に包まれていたのだが——。

「この勝負、俺がもらった。いくら天下に名を轟《とどろ》かせる安倍晴明の護符といえど、こうも俺の気を撥ね除けていては、そろそろ綻びもできてきただろう」

蒼眞の余裕のある言葉に、さすがの道綱も表情を険しくして刀を構え直した。

確かに蒼眞の言うとおりいくら晴明の護符といえど、こうも何度も悪い気を当てられていたら綻びも出てくる。

保ってもあと二度ほど。再び蒼眞に気を放たれたら、今度こそ道綱も狐斗のように黒い気にのみ込まれ、焼き尽くされてしまうかもしれない。

「道綱様、ここは退きましょう！」

「黙っていろ、あづさ。これは男同士の闘いだ」

そう言った次の瞬間、道綱が再び間合いを詰めて刀を振るうのとほぼ同時に、蒼眞が黒い気を放った。

「くっ……！」

黄金色の晴明の気と道綱の青白い気が合わさり、蒼眞の放つ黒い気を刀で食い止めていたのだが、そのうちに晴明の気がぼろぼろと剥がれるように崩れていき、残すは道綱自身の青白い気だけで蒼眞の気を受け止めていた。

蒼眞の黒い気が僅かに入り込み、道綱の頬や見事な藤の文様が入った狩衣《かりぎぬ》に細かな傷がついていく。

それでも道綱は気力だけでじりじりと前へと進んでいき、気を弾いていた刀を振り上げて一気に勝負に出たのだが——。

「その時を待っていたぜ！」

道綱の太刀筋《たちすじ》を見切っていたらしい蒼眞が両手で黒い気を放つのを見て、あづさは思わず目を瞑ってしまった。

「ぐあっ……！」

しかし次の瞬間に聞こえたのは、蒼眞が痛手を受けた苦しそうな声だった。

恐る恐る目を開いてみると、道綱は黒い気を自らの青白い気で見事に撥ね除けて、蒼眞にまた一太刀浴びせていた。

「くそ……なんで……」

「俺の本気を侮っていたようだが、甘く見てくれるな。あづさが懸《か》かっているとなれば俺でもこの程度の力は出るさ」

もう立ち上がる事すらできないほどの深手を受けた蒼眞は、悔しそうに顔を歪めていたが、道綱は不敵に笑って血を振り払うと刀を鞘に収めた。

そして改めてというように実資を見たのだが、蒼眞が倒された事で、情けなくもすっかり腰を抜かしていた。

「ひっ……！」

「さて、実資……貴様はどうしてくれようか」

「ゆ、許してくれ！　もう変な真似はしないと約束するっ！」

拝むように床に頭を擦りつける実資を見て、道綱も少しは溜飲《りゅういん》が下がったようだった。

しかしまだ疑わしいとばかりに実資を睨みつける。

「俺たちに二度と関わらないと約束するか？」

「する！　もう二度となにもしないっ！」

「ならばまだ訴状は帝へ届けずにいてやろう。だが、また変な気を起こした時には……」

「わ、わかっている！　わかったから訴状だけは帝へ献上しないでくれっ」

実資の必死さを笑いながら、道綱は言質を取った事で訴状を懐へ戻した。

するとその時小屋の扉が開いて晴明が姿を現し、小屋の惨状を見て道綱に一礼した。

「遅くなりました、道綱殿。ご無事でなにより」

「これは晴明殿。なんとか蒼眞を倒しましたが、倒した事でさらに恨みを買ったようです」

「ならばあとはこの私がそこな道摩法師を引き受けましょう。道綱殿はどうかあづさをよろしく頼みます」

そう言って一礼した晴明が戦闘態勢に入る直前に見せるとても静かな表情を見て、思わずあづさは地面に座り込んだまま、師である晴明を見上げた。

「晴明様……」

「あづさよ、今まで一人でよく耐えたな。それに実資殿の不正を暴いた事は褒めてあげよう。だが私や道綱殿に助けを求めなかった事はいただけない」

「は、はい……」

晴明にも苦言を呈されて小さくなると、晴明はふと微笑んであづさを凝視めた。

「だからあとは道綱殿に一生面倒を見てもらいなさい」

「え……」

道綱に一生面倒を見てもらえというのは、道綱と結ばれて幸せになれという、晴明なりのはなむけの言葉なのだろうか？

首を傾げて晴明を凝視めたが、優しく微笑まれただけだった。

「さぁ、行きなさい」

「行くぞ、あづさ」

「は、はぃ……」

晴明に促され、道綱に包まれるようにして狐斗の背中に乗り、そこから一気に屋敷へと戻ったのはいいのだが――。

「さすがに疲れた。俺はしばらく伏見《ふしみ》の山で休む事にする」

「ご苦労だったな狐斗」

道綱が狐斗にねぎらいの言葉をかけている間に、あづさは急いで風呂へと走った。

そして風呂へ駆け込んですぐさま禊ぎをしたのだが、何度も冷たい水を浴びても物の怪に襲われた穢れが取れない気がして、身体の芯まで冷えるほど水を浴び続けた。

(汚い……汚い……私は汚い……)

いくら格上の蒼眞が操る物の怪に襲われたといっても、物の怪が身体を這いまわり、催淫効果のある粘液に冒された事実に変わりはない。

しかも触手に弄られて気を遣ってしまい、それを実資に見られてしまった事があづさを傷つけていた。

（晴明様は道綱様に一生面倒を見てもらえと言ってくれたけれど、こんなに穢れた身体になった私にその資格はないわ）

悲しくて悲しくて水を浴びながら涙を流し、それでもまだ禊ぎを続けていたのだが、その時ふいに風呂の扉が開き、道綱が濡れるのも構わずに背後から抱きしめてきた。

「こんなに冷えるまでなにをしているんだ」

「さ、触らないでください……ご覧になったとおり、私はもう道綱様に顔向けできない身体になってしまいました……」

「ばかな事を。物の怪に襲われただけじゃないか」

「ですが物の怪が身体を這いまわり、私は実資様と蒼眞が見ている前で気を遣ってしまいました。こんな恥知らずな身体をしているのに、道綱様に愛してもらう資格はないです」

身を捩って道綱の腕から逃れようとしたが、しっかりと抱きしめられていて逃げる事は叶わなかった。

「それは俺が決める事だ。愛している、あづさ。なにがあってもあづさは俺のものだ」

「ですが……」

真剣な声で愛を囁かれ、それ以上の反論ができなくなった。

それでもやはり愛される資格がないように思えて、道綱の顔を見られずに下を向いたままでいると、首筋に顔を埋められた。

「以前、なんでもすると約束をしたよな？」

「……はぃ」

言われて思い出したが、桜の花が咲く頃に内裏で狐斗と戯れていた時、それを見た道綱に狐斗を消されそうになって、慌ててなんでもすると約束をした事がある。

それを今さらになって持ち出してくるとは、いったいなにをさせるつもりなのだろう？

「俺はあづさが愛おしい。だから近々、俺と結婚してくれ」

「お戯れが過ぎます。穢れた身体になった私を花嫁として迎え入れるなんて」

「なんでもすると言ったのはあづさだろう？　だから俺の花嫁になってもらう」

「……ですが道綱様……」

「ですがはもうなしだ」

困り果てて返事ができないでいると、さらに強く抱きしめられて顔を覗き込まれた。

「あづさは俺を愛してはいないのか？」

「誰よりもお慕いしております。ですが穢れた身体の私が道綱様の花嫁になったら、きっと後悔します」

「後悔などしない。誰よりも愛しているんだ。物の怪に穢されたというのなら、その穢れを俺が祓ってやる」

「あっ……!?」

身体がいきなり宙に浮いたと思った次の瞬間、気がつけば道綱に身体を抱き上げられて、そのまま大判の手拭いで身体を包み込まれた。

「待って、道綱様……待ってくださいっ！」

慌てて身を捩ったが、道綱は歩みを止める事なく簀子を力強い足取りで歩いていく。

そしてあっという間に二人の寝室となっている、御簾で囲われた塗籠へ連れ込まれてしまい畳の上に寝かされた。

「いけませんっ！　道綱様にまで穢れが移ってしまいますっ」

「それならばそれでもいい。そうしたらあづさと一緒だ……」

「あっ……う、ん……！」

覆いかぶさる道綱になんの躊躇もなく口唇を塞がれて、口唇をそっと舐められる。

「ん、んふ……っ……」

何度も繰り返されているうちに、あづさはいけないと思いつつもついうっとりとして、道綱の仕掛けてくるくちづけに夢中になってしまった。

すると道綱はちゅっと音をたてて口唇を離したかと思うと、おでこをくっつけてあづさを凝視めてきた。

「どうだ、俺は穢れたように見えるか？」

「いいえ……」

穢れが移ってしまったようにはとても見えず、それどころかいつも以上に頼もしく見えて、それでいて穏やかに見えた。

「俺が穢れているように見えないという事は、あづさも穢れていないという事だ」

「あ、ん……」

それには反論したくなったが、乳房を優しく包み込まれて愛撫された途端に甘い疼きが湧き上がってきて、あづさは思わず甘い声をあげてしまった。

慌てて指を噛んで声を殺そうとしても、いつも以上に優しく揉みしだかれながら、ぷっくりと尖り始めた乳首をちろちろと舐められると、少しもじっとしていられなくなって身体を淫らに波打たせながら蕩けきった声をあげた。

「あぁん、だめ、だめです……そんなに優しくしないで……」

「愛している、あづさ……」

「んぅ……ん、ぁ……あぁ……あ、ん……道綱様ぁ……」

「これが好いんだな？　よしよし、もっとあづさのここを愛でてやろう……」

そう言いながら道綱は乳首をちゅるっと口の中へ吸い込み、先端を舌先でつついたり、乳首をざらりと舐めたりする愛撫を繰り返した。

その度に心に甘い疼きが湧き上がり、あづさも夢中になって道綱の首に抱きついた。

物の怪の放つ催淫効果のある粘液で、無理やり快楽を引き出された時とは打って変わり、道綱の手指や口唇、それに舌には愛がこもっている。

それが嬉しくて思わず瞳を潤ませると、道綱は目尻に浮かんだ涙を吸い取り、また口唇にちゅっとくちづけをして愛撫を再開した。

「あ、あぁん……道綱様、愛してます……」

「俺もあづさを誰よりも愛している……」

「あんっ……あっ、あっ、あ……あ、ん……道綱様ぁ……」

両の乳房を揉みしだきながら、右の乳首を指の間に挟み込んで摘み上げられたかと思ったら、左の乳首を舌先でころころと転がされてちゅうぅっと音がたつほどに吸われる。

それがあまりに気持ちよくて思わず背を仰け反らせると、今度は濡れた乳首を何度も何度もそっと摘まれて、右の乳首をぺろぺろと舐められた。

そうして濡れた乳首がさらに固く凝ると、まるで円を描くように優しく撫でられる。

「あ、ん……んっ……もうそんなに焦らさないで、道綱様ぁ……」

いつもよりも丹念な愛撫に焦れて思わず脚を擂り合わせると、秘所は既にぬるりと濡れて、蜜口の奥が早く道綱を迎え入れたいとばかりにひくん、ひくん、と収縮を繰り返す。

「あぁん、お願い、道綱様……早くあづさのここを愛してくださぃ……」

堪らずに脚を大きく開いて誘うと、道綱は目を細めて淫らに秘所を見せつけるあづさを凝視め、狩衣を寛げた。

見れば道綱の熱く滾《たぎ》る熱は腹につくほど反り返って、どくどくと脈動を繰り返していた。

「あづさが愛おしすぎて俺も既にこんなに熱くなっている」

「嬉しい……」

ふんわりと微笑み、覆いかぶさってくる道綱に抱きついたあづさは、道綱の頬にある小さな傷をぺろりと舐めた。

「こら。煽ってどうする……」

「私を守ってくださった時にできた傷です。だから傷が消える術を使っただけです」

そう言いながらまだある傷をぺろりと舐めて傷を消していたのだが、狩衣を破るほどの傷をあちこち夢中になって舐めていると、そのうちに身体を引っ張り上げられて、気がつけば胡座《あぐら》をかいた道綱の上に座らされ、向き合う形で抱きしめられた。

「だから煽るなと言ってるだろう」

「煽ってなどいません。傷を治していただけです」

「あづさに身体を舐められていると思うだけで充分に煽られるんだ。おかげでほら……」

身体を揺さぶられた瞬間、秘所に熱く滾る楔が擦れて思わず小さな声をあげた。

「このまま自分で入れてみろ」

「そんな……」

「早く欲しいのだろう？　それにあづさが自らのみ込む姿を見てみたい……」

頬にちゅっちゅっと優しくくちづけられて首筋に顔を埋められてしまい、あづさは戸惑いながらも腰を浮かせた。

そして反り返る道綱に自ら手を添えて、濡れそぼつ蜜口に押し当てた。

「う、ん……っ……」

なにぶん初めての事なので胸がどきどきしてしまったが、いつも道綱がしているように張り出した先端で蜜口を撫でると、それだけで感じてしまって腰が甘く疼いた。

堪らずに腰をゆっくり落としていくと、先端の括れが蜜口を捲るように入り込んでくる。

「あっ……ぁ……っ……」

「上手いぞ、あづさ……っ……」

「あぁん、は、入っちゃう……っ……」

自分の呼吸に合わせて腰を落としていくと、先端が蜜口を掻き分けるようにして押し入ってくる。

先端をすっぽりとのみ込んでしまうと、胸がせつなくなるいつもの感覚が襲ってきて、ふと息をついた時だった。

「あっ……いやあぁん……！」

道綱に肩を上から押されて、最奥まで一気にのみ込んでしまい、あづさは堪らずに猥りがましい悲鳴をあげた。

「あ、ん……酷いです、道綱様……」

「許せ。あづさを見ているだけで今にも遂げてしまいそうだったんだ……」

恨みがましい目つきで見上げたが、おでこにちゅっとくちづけながら甘く囁かれたら文句も言えなくなった。

「道綱様の意地悪……」

それでも悔し紛れに首筋に噛みつくと、中にいる道綱がびくびくっと跳ねた。

「あぁん……」

それにも感じて道綱にぎゅっと抱きつくと、身体を揺さぶられて先端で最奥を擦られた。その途端に四肢まで痺れるほどの快感が湧き上がってきて、道綱の首筋に顔を埋めて蕩けきった声をあげていたのだが、ふいに揺さぶられるのを止められた。

「や、ん……もっと……もっとしてくだぃ……」

「座ったままではこれが限界だ。あづさが腰を使って自分でいいように動くんだ」

「あぁん、そんなぁ……」

瞳をうるうると潤ませて困ったように見上げたが、道綱は目尻にちゅっとくちづけてきただけで、ちっとも動いてくれない。

「んっ……ふ……」

その間も媚壁は道綱にせつなく吸いつき、その動きだけでも気持ちよくなれたが、欲しいのはもっと烈しく媚壁を擦る感触だ。

「あづさならできるからやってみろ」

「は、はぃ……」

言われるがまま反り返る道綱が抜けるぎりぎりまで腰をそろりと持ち上げて、また一気に身体を沈めていくと、括れた先端が媚壁を擦り上げてくる。

その時の快感は口では言い表せないほどで、一度味わってしまったら止まらなくなった。

「あっ、あ、ん……あっ、あっ、あぁん……」

双つの乳房が上下に揺れるほど烈しく腰を使い、自らが気持ちいい場所を擦り上げては甘い声を洩らす。

そんなあづさを道綱は目を細めて凝視めながら、揺れる乳房や首筋に口唇を落としてくるのだが、それが堪らなく好くてあづさはさらに大胆に腰を使い始めた。

「あはっ……ぁ……あぁん、あっ、あぁっ、あ、ん……んん、んっ……」

肌を打つ音がするほど腰を烈しく上下させると、ちゃぷちゃぷちゃぷ、と粘ついた音が聞こえ、それが恥ずかしいのになぜかさらに淫らな気分になり、腰を貪婪に振りたてる。

「あんん……道綱様ぁ……こんなあづさを軽蔑しないでくださぃ……」

「軽蔑などするものか。むしろ俺で気持ちよくなっているあづさの恍惚とした表情を見ているだけで、俺も気持ちいい……」

「あん、嬉しぃ……」

気持ちのいい場所を擦り上げながら微笑むと、中にいる道綱がびくびくっと脈動するのが好くて、あづさは道綱にねっとりと吸いつき、夢中になって腰を淫らに上下させた。

「あづさ……っ……」

「んふ……あっ、あん、あっ、あっ……道綱様も気持ちぃ……?」

「あぁ、最高だ……すっかり腰の使い方も上手くなって。俺に見せつけながら腰を振る、とてもいやらしくて理想どおりの花嫁だ……」

「あぁんっ……そんなふうに言っちゃだめぇ……!」

だめだと言いながらも脚を大きく開いて道綱が出入りする様子を見せつけ、腰を淫らに揺らめかせていると、道綱は首筋に顔を埋めてちゅうぅっと音がするほど吸いついてきた。

つきん、とした痛みを一瞬感じたが、そこを舐められるとじんわりと熱くなってきて、堪らずにぎゅっと抱きついて抜き挿しを繰り返した。

すると道綱は首筋を舐めながらぱっくりと開いた秘所へ手を忍ばせてきて、昂奮に包皮から顔を出す秘玉を指先でころころと転がし始めた。

「あんっ……あぁっ、あん、んんっ……だめ、だめぇ……そこは弄ったらだめなの……」

「どうしてだ……? あづさの一番大好きな所だろう?」

「んんん……だ、だって……っちゃうの……すぐに達っちゃうから……」

反り返る楔で媚壁を擦り上げている間も小さな秘玉をくりくりと弄られると、腰が蕩けてしまいそうになり、あづさの腰使いはさらに淫らになった。

「ふふ、なんていやらしく腰を振るんだ俺の花嫁は。そんなにこれが好いのか？」

これ、と言いながら秘玉をぷるぷると弾くように弄られると堪らなくて、あづさは髪を振り乱して首を横に振った。

「いやあぁん……！　だめ、だめぇ……そんなふうに弄ったらだめぇ……」

「なんでだめなんだ？」

「あんん……だって……もちいいから達っちゃうの……もう達っちゃうから……」

「ならばもっと弄ってやろう」

くりくりくりっと秘玉を捏ねるように弄られると、媚壁がひくひくと反応してしまい、道綱をきゅうぅぅっと締めつけては、最奥へと誘うように蠢いてしまう。

その途端に道綱が腰を揺さぶってきて、最奥を擦るようにつついてきた瞬間、堪えきれずにあづさは反り返る道綱を何度も何度も締めつけた。

「あん、あぁん、あっ……や、いっやあぁぁあぁぁん……！」

とても深い絶頂を感じ、熱い飛沫を吸い取るように媚壁が反り返る楔にしゃぶりつく。

それが道綱にも好かったようで、同時に絶頂を迎え、道綱も胴震いをして、あづさをぎゅっと抱きしめながら腰を何度か打ちつけてくる。

「あんん……あん、あっ……ぁ……」

それにも感じて道綱が打ちつけてくる度に、身体をひくん、ひくん、と跳ねさせた。

息すら止まってしまうほどの深い絶頂を味わい尽くし、それから双つの乳房が上下するほど息を弾ませていると、いつものように道綱が口唇をしっとりと合わせてきた。

「んふ……っ……」

舌と舌を絡め合っている間も快感に震え、それでも隙間がないほど抱きしめ合って深いくちづけをしていたのだが、そのうちにちゅっと音がするくちづけをし合って微笑み、頬や耳朶にも戯れるようなくちづけをする。

そういうくちづけをしているだけで愛されている実感が持てて、あづさも道綱にちゅっとくちづけては、ふんわりと微笑んだ。

すると道綱はおでことおでこをくっつけてきて、間近であづさの紅がかった茶色い瞳を凝視めてくる。

「愛している、あづさ。俺と結婚してくれるな？」

「……こんな私で本当にいいんですか？」

「そんな慎ましいあづさだからいいんだ」

自分の出自や穢された身体の事を思うと、どうしても後ろ向きな返事しかできないあづさに即答してくれたのが嬉しくて、ふんわりと微笑んでぎゅっと抱きついた。

「誰よりもお慕いしております。私でよければどうか道綱様の花嫁にしてください」

「あづさ、誰よりも愛している……」

「私も道綱様を誰よりも愛しております」

今度こそはっきりと口にすると、道綱は今まで見た事がないような嬉しそうな表情で微笑んでくれた。

「道綱様……」

逞しい胸に顔を埋めると、道綱の鼓動が伝わってきて、なんだか泣きたくなるほど幸せになれて、あづさが本当に涙を浮かべると、目尻に浮かんだ涙を吸い取ってくれて――。

「どうして泣く？」

「嬉しくても涙は出ます……」

泣き笑いを浮かべるあづさに微笑み、道綱は包み込むように抱きしめてくれる。

それが嬉しくてあづさも道綱にぎゅっと抱きつき、今までの出来事を思い浮かべた。

ここへ来るまでいろいろな事があったし、けっきょく道綱の役に立つどころか助けてもらったが、誰よりも愛されている自信が持てた今、それ以上はもうなにも望まない。

ふと見上げると道綱は蕩けそうに優しい瞳で凝視めてくれていて、あづさも幸せにふんわりと微笑みながら目をそっと閉じるとなにも言わずとも優しい口唇が触れてきて――二人はいつまでもいつまでも離れる事なく抱きしめ合っていた。

終章　甘く香る藤花

庭に設えてある見事な藤棚には、零《こぼ》れんばかりに藤の花が咲き乱れ、蝶々が花の蜜を求めてひらひらと飛んでいる。

その美しい景色を見るともなしに見ながらも、小袿を着たあづさは今にも生まれそうなほど膨らんだお腹を摩りつつ、藤棚の下で蝶々を追う息子を温かな瞳で凝視めていた。

「道伸《みちのぶ》、蝶々ばかり見ていてはいけません。足許もしっかり見なさい」

「わかってるよ！　捕まえたら蝶々を母上にあげるね！」

「蝶々は人が触れてしまうと飛べなくなってしまうの。だから私はいらないわ」

「本当に？　それじゃ見ているだけにするね。狐斗、背中に乗せて！」

「わかったわかった。乗せてやるから毛を引っ張るなよ？」

「うん！」

優しい気性に育ってくれた道仲は、最近ではすっかり子守に徹している狐斗と遊ぶ事にしたらしく、あづさはふんわりと微笑んだ。

今年二歳になる道仲は、二年前に道綱と結婚してすぐに授かった子供で、男児を産んだあづさを道綱だけでなく、屋敷中の皆が祝福してくれた。

それまでは後継ぎを産めるかはらはらしていたものの、産んでみれば道綱によく似た可愛い男児で、あづさは肩の荷が下りる思いだった。

後継ぎが生まれた事で道綱も仕事によく励むようになり、この一年半で正五位下という地位から一気に昇進して、今では正三位の大納言となり、政務に明け暮れる毎日だった。

大納言となった事もあり、また道仲とこれから生まれてくる子供の為にも屋敷は立派な寝殿造りに改装したばかりでまだ迷ってしまう事もあったが、すべてが順風満帆《じゅんぷうまんぱん》で毎日が幸せだった。

幸せすぎてたまに不安になってしまう事もあるが、二年前のあの日、道摩法師の蒼眞と藤原実資の陰謀を暴き、道綱に結婚を正式に申し込まれてからは、もうなにも恐れる事はないのだと自分に言い聞かせている。

あの晩、何事もなかったかのように屋敷を訪れた晴明によれば、蒼眞は晴明との闘いに敗れ、晴明によって能力を奪われて徒人となったとの事だった。

とはいっても薬の知識はあるので、生活には困らないだろう、と晴明が言っていたのが印象的だった。

そして町に赤斑瘡を蔓延させ、蒼眞に作らせた妙薬で私腹を肥やしていた実資は、道綱が握っている訴状を恐れ、今では道綱を見るとそそくさと逃げていく始末だという。

官人が赤斑瘡を蔓延させていたなどと知れては朝廷の威信に関わるとあって、道綱は表沙汰にはしないと言っていたが、実資が静かになっただけでも道綱は満足しているようなので、あづさもそれ以上は追及しなかった。

だから今は毎日が幸せなのだが少し不安になってしまうのは、今月生まれる予定の子供が、無事に生まれてくれるか心配なせいだろうか？

「お願いだから五体満足で生まれてきてね……」

お腹を摩りつつ話しかけるとお腹の子が元気に蹴ってくるのがわかり、微笑んでいたその時だった。

「うえぇぇん……！」

「あらあら、道仲。どうしたの？」

「はしゃぎすぎて俺から転げ落ちた」

「仕方がないわね……こちらへいらっしゃい」

両手を広げると、道仲は泣きながら駆けてきてあづさに縋りつき、しゃくり上げている。

そんな我が子を優しく抱きしめて頭を撫でてあげると、道仲は着物の合わせ目に手を潜り込ませてあづさの乳首を弄っては、安心したように胸に顔を埋めてくる。

「母上、甘くていい匂い……」

「まぁ、うふふ。道伸も私から甘い匂いがすると言うのね」

道綱も狐斗もあづさからは甘い匂いがすると言って、未だに首筋に顔を埋めてくるのだ。

そして相変わらず二人してあづさを奪い合うような真似までして、ちっとも変化がない。

とはいっても狐斗はしばらく伏見の山で休んでいる間に修行もしたらしく、二叉だった尻尾は今では四つ叉になって、以前よりも格段に能力が上がったのだった。

しかし狐斗は道伸とこれから生まれてくる子供の一番のお守りになりたいらしく、番犬よろしく常に道伸とあづさについているのだ。

「おい、あづさ。あまり風に当たっているとお腹を冷やすぞ」

「暖かいから大丈夫よ。それより道伸が寝ちゃったわ。人型に変化して寝所まで連れていってくれない？」

「ああ、わかった」

張り出したお腹では道伸を長く抱きしめていられない事もあり、人型に変化した狐斗に道伸を託すと、ご機嫌で屋敷の中へ入っていった。

それを見届けたあづさは微笑みながら、また見事な藤棚を凝視めた。

「……あの時の先読みは、外れていなかったのね……」

過去に一度だけ自分の未来を先読みした時、今見ている景色とほとんど同じ風景だった。

あの時藤棚の下で蝶々を追っていたのは道仲で、そして腕に抱きしめていたのは——。

「うふふ……」

その時の光景を思い出しては微笑んでお腹を摩っていると、背後の渡殿を聞き覚えのある足音が近づいてきた。

振り返ってみればそこには誰よりも愛する——。

「あづさ」

「おかえりなさいませ、道綱様」

ふんわりと微笑んで帰宅を喜ぶと、道綱も蕩けそうな笑みを浮かべたのだが、すぐに心配そうに背後から身体を抱きしめてくる。

「風に当たっていていいのか？　お腹を冷やしたら大変だ」

「うふふ、道綱様といい狐斗といい男性はどなたも心配ばかり」

「臨月ともなれば心配にもなる。麦湯でも飲んで温まるか？」

道綱があづさを甘やかすように声をかけた時だった。

「麦湯は身体を冷やしますので、妊婦にはあまりよろしくないかと」

庭先からふいに聞き覚えのある声がしたかと思うと、晴明がやって来るのが見えて、あづさは咄嗟に道綱から離れた。

「お邪魔をしたようだな」

「い、いいえ。そんな事はありません」

「これは晴明殿、よくいらしてくださいました。このような場ではなく本殿へ上がってください」

「いや、今日はこれをあづさにと思って持ってきただけですので」

そう言って晴明が差し出してきたのは、笹の枝につり下げられた新鮮な鯉《こい》だった。

「まぁ、なんて立派な鯉かしら」

「鯉は身体を温めるので妊婦に食べさせるにはちょうどいい。どうぞ今晩にでもあづさに食べさせてやってください」

「お気遣いありがとうございます、晴明殿」

道綱が改めてお礼を言うと、晴明はふんわりと微笑んで頷いてみせた。

晴明は今も帝に仕える蔵人所陰陽師として、忙しくしている。

大納言になった道綱ともより親交を深め、今ではすっかり飲み仲間となっている。

そして晴明はあづさがこうして子を宿せば鯉を持ってきたり、珍しい神事があれば連れていったりしてくれていた。

なんだかんだ言いつつ晴明も自分を可愛がってくれているのが嬉しくて、やはり晴明は自分にとって生涯の師なのだと改めて思った。

「それでは私はこれで」

「どうせなら今晩にでも一献つき合ってください」

「次に道綱殿と飲むのは、あづさが無事に子を産んだ時にいたしましょう。それでは邪魔者は消えます故、どうぞ二人でごゆるりと」

相変わらずの晴明に真っ赤になってしまったが、晴明らしい引き際に、あづさはつい微笑んで道綱の胸に頭を預けた。

「道綱様？」

「うん？」

「私、とても幸せです。こんなに幸せにしてくださって、どうもありがとうございます」

そっと見上げて微笑むと、道綱も優しく微笑んでお腹をそっと摩ってくる。

「俺もあづさにはこれ以上ないほど幸せにしてもらっている。道伸という大切な後継ぎを産んでくれたしな。次もどうか無事に戻ってきてくれよ？」

「もちろんです」

心配そうに凝視めてくる道綱に、あづさは安心させるようににっこりと微笑んだ。

産みの苦しみは想像以上だったが、産んでみればそれ以上の幸せが待ち受けていると思えば、産みの苦しみにも耐えられる。

「さて、次はどちらが生まれてくるやら」

「次は女の子です」

「ずいぶんと自信のある言い方だな。なにか予兆でもあるのか？」

「いいえ、ですが次は絶対に女の子ですから、名前を決めておいてくださいね」

予兆ではなかったが、先読みでは満開の藤の花の中、女児を抱いている自分がいた。

だから次に生まれるのは女児に違いなく確信を持って見上げると、道綱はしばらく考える素振りを見せた。

「……鈴音《すずね》、というのはどうだ？」

「まぁ、素敵な名前……」

「あの藤の花のように、風にさらさらと音をたてるところから考えてみた。女児ならきっとあづさによく似た美人になるぞ。男が忍んでこないように壁を高くしなければ」

親ばかぶりを発揮している道綱を見て、あづさはくすくす笑いながらお腹を摩った。

「鈴音、父上はああ言ってますけれど、私は鈴音の恋を応援するわ」

「悪い虫がついたら大変じゃないか」

「ですが私は道綱様に出会って、とても幸せになれました。だから鈴音にも同じような恋をしてもらいたいのです」

ふんわりと微笑んで見上げると道綱は僅かに目を眇め、それからふと微笑んであづさを包み込むように抱きしめてきた。

「俺と出会って幸せだと思ってくれていたんだな」

「もちろんです。道綱様に出会わなければ、名もなき村で忌み嫌われながら暮らしていたに違いありません」

自分の異能を呪った事もあったが、道綱に見い出され京の都へ導かれた事は奇跡に近い。

そして道綱に恋をして、こんなにも幸せになれたのだ。

もちろんそれまでにはつらい事もあったが、今が幸せならそれでいい。

「愛しております、道綱様」

「俺も言おうと思っていたところだ」

「まぁ、うふふ……」

同じように感じていた事が嬉しくてつい声をあげて笑うと、道綱もふと微笑み、改めてというように頬にちゅっとくちづけてくる。

「愛している、あづさ。生涯でただ一人の運命の相手だ。共に添い遂げよう」

「はい。あづさは一生、道綱様のものです」

しっかりと頷いて凝視めると、藍色がかった瞳が徐々に近づいてきて、あづさも紅がかった茶色の瞳をそっと閉じた。

そしてさらさらと音をたてる甘い藤花の香りがする中そっとくちづけを交わし、いつまでも飽きる事なく風に揺れる藤花を凝視め、隙間なく抱きしめ合っていたのだった——。

あとがき

「ドレスも見飽きたし、次回は平安でいきましょう」

担当様にそう言われたのは、いつ頃の事だっただろう……。

もう記憶も朧気になるほど昔ですっかり忘れましたが、今回は平安ものです。

しかしいざ平安の物語を書き出してみると、書いている途中で道具や様式の壁にぶち当たり、その度にネットで調べては書いていたので、想像以上に時間を食いましたぁ〜。

そして実在の人物を書く事になったので、担当様とご祈祷行ったほうがいいんでない？という事になり、藤原家にゆかりのある神社まで行って、無礼な事をお書きするお詫びをしてきましたよ(笑)。

若い宮司（？）に「今日はどんなご祈祷を？」と問われて、担当様は貝のように黙り込んでいましたが、私は「藤原道綱《ふじわらのみちつな》様と藤原実資《さねすけ》様の出てくる小説を書くので、そのご挨拶に参りました」と堂々と言ってきましたよ！

そしてご祈祷中、「すごい事を書くと思いますので、申し訳ございません」とひたすら謝り倒してご祈祷を済ませたあと、担当様とおみくじを引いたら二人して大吉という結果が出たので、きっと道綱様と実資様もあちらで許してくれたのだと確信しましたよ！

それからはとんとん拍子に原稿が進む……訳もなく、いつもの如く七転八倒しながらもなんとか書き上げましたが、いかがでしたでしょうか？

少しでも気に入っていただけると嬉しいのですが、お口に合いましたら幸いです。

この物語を書くにあたって、私は当初から「物の怪が出てくる世界観だし、触手！　触手を書きたい！」と騒いでたのですが、担当様は「触手は好き嫌いがあるから、書いてもいいけど挿絵にはしないですよ」とあまり……いや、かなり乗り気じゃなかったのです。ですが書いている途中で担当様から「触手はもっと働くべき」というお言葉をもらい、俄然張り切って思う存分書いてみました。

苦手な方がいたら申し訳ないですが、触手を思いきり書けて私は悔いはありません！しかも挿絵にしないと言ってたのに、挿絵にもなって嬉しい限りです♪

その分、DUO BRAND.先生にはかなりな難題を投げてしまったので心苦しいですが、素敵で淫靡なイラストを描いてくださって、本当にどうもありがとうございました！

題名に合ったしっとりとした二人の表紙も素敵でしたし、口絵もとても華麗でした。

そして挿絵で物語をより膨らませてくださって、作品世界を彩ってくださり本当にどうもありがとうございました。

そして一緒にご祈祷につき合ってくれて、時には脅したり時には励ましたり、そして時には萌え話を延々と語ってくれたりした担当様も、どうもありがとうございました！

今も萌え話を語っていて、あとがきに集中できないのは担当様のおかげです（笑）。

とはいえ今回も担当様のおかげで楽しくお仕事させていただきました。

これからもどうぞよろしくお願いします！

それから素敵なデザインをしてくださったデザイナー様、アホな文章を冷静に指摘してくださった校正者様、それ以外にもこの本に携わってくださった皆様にお礼申し上げます。

なによりここまで読んでくださったあなたに最大の感謝をいたします。

この物語で少しでも現実を忘れて、幸せになっていただけたら私も幸せでございます。

ＨＰは凍結状態ですが、ツイッターでお仕事情報や日々の事をたま〜につぶやいておりますので、フォローしていただけたら嬉しいです。

ではでは、またお会いできましたら！

沢城《さわき》利穂《りほ》

この本を読んでのご意見、ご感想などをお寄せください。
沢城利穂先生、DUO BRAND. 先生へのお便りもお待ちしております。

〒162-0814 東京都新宿区新小川町 8-7
株式会社大誠社　プリエール文庫編集部気付

大誠社プリエール文庫
藤花に濡れそぼつ 巫女の忍ぶ恋　貴公子の燃ゆる想い

2014年8月31日　初版発行

著者　沢城利穂

発行人　柏木浩樹

発行元　株式会社大誠社
〒162-0813　東京都新宿区東五軒町5-6
電話03-5225-9627(営業)

印刷所　株式会社 誠晃印刷

ISBN　978-4-86518-026-8　C0193

皇子の花嫁
星の姫巫女
――きみは、私の運命の少女
恋したのは
怖くて優しい皇子様
著者・弓月あや
イラスト・早瀬あきら
定価：本体￥571＋税
Priere Label
プリエール文庫

♥大国水曄の皇子・瑛水の花嫁選定の儀に招かれた小国の皇女・芹。使者の青年・瑛水と水曄へ向かう道中、自分を護ってくれた彼に惹かれてしまい——？

♥病弱な弟の身代りをつとめるため、男子として育ってきたエルフィは水浴びをしていると皇太子のクラウスに見つかってしまう。処罰を覚悟するが、何とクラウスはエルフィを王宮に召し上げると言い始めて…!?

♥アリシアの初恋の人…それは昔出会った王宮騎士と思われる青年だった。王太子と結婚することになり、最後に『初恋の彼』を一目だけでもと男装して王宮に潜入する。しかし王太子レオナルドに見つかり…!?

❤南国の姫・ココは自分の容姿が大嫌い。醜い自分は一生一人ぼっち…。そんな思いで着飾ることもせず暮らしていたのに、北の皇帝ルスランのお妃に選ばれて!? しかも紳士然としていた彼は、二人きりになると超絶いじわるに豹変！

♥不吉な『槍』に魅入られたリーゼフェリアは、隣国の王・ルーカスに敗北し、その手に堕ちてしまう。槍の主の証たる純潔を散らされ、甘美な快楽で搦め捕られ、夜ごとその躯を作り変えられる屈辱に震える日々の中、彼がある覚悟を決めて自分を抱いたと知り？